糖纸 烟盒 拨浪鼓

王淼 / 著

山西出版传媒集团
北岳文艺出版社

图书在版编目（CIP）数据

糖纸烟盒拨浪鼓 / 王淼著. —太原：北岳文艺出版社，2017.4（2025.4 重印）
ISBN 978－7－5378－5043－8

Ⅰ.①糖… Ⅱ.①王… Ⅲ.①纪实文学—中国—当代 Ⅳ.①I25

中国版本图书馆CIP数据核字（2017）第003990号

书　名：糖纸烟盒拨浪鼓	策　划：张世景	封面设计：琥珀视觉
著　者：王　淼	责任编辑：李向丽	印装监制：巩　璠

出版发行：山西出版传媒集团·北岳文艺出版社
地址：山西省太原市并州南路57号　邮编：030012
电话：0351－5628696（发行部）　0351－5628688（总编室）
　　　0351－5628695（编辑室）　传真：0351－5628680
网址：http://www.bywy.com　E－mail：bywycbs@163.com
经销商：新华书店
印刷装订：三河市天润建兴印务有限公司

开本：660mm×960mm　1/16
字数：145千字　印张：13.75
版次：2017年4月第1版
印次：2025年4月第5次印刷
书号：ISBN 978－7－5378－5043－8
定价：36.80元

序

我的"双城记"

糖纸,烟盒,拨浪鼓;弹弓,瓦屋,琉璃弹儿——说起这些,现在的孩子或许大都不知所云了,但曾经一个时期内,它们却是包括我个人在内的、不止一代人童年生活中的最爱。我已经属于见证那个逝去年代的许许多多的老游戏、老玩具、老物件,乃至老屋、老宅、老建筑的最后一代人了吧,仿佛只是转瞬之间,我们那一代人纯真的童年、美好的往事,即已渐行渐远;而那些曾经带给我们无限欢欣的旧时风物,亦已消失殆尽。

在罗大佑的《恋曲1990》中,有一段歌词这样写道:"乌溜溜的黑眼珠和你的笑脸,怎么也难忘记你容颜的转变;轻飘飘的旧时光就这么溜走,转头回去看看时已匆匆数年。"罗大佑把旧时光形容为"轻飘飘的",似乎真实可见,却又无从把握,他所唱出的,其实是一种面对时光流逝,惆怅而又无奈的感受。而每每听到这样的老歌,我的脑海里也总会泛起一段过去岁月的记忆——是的,岁月的流逝,真的就是这般物是人非,却又这么了无痕迹啊。

不得不承认,这是一部"轻飘飘的"小书,文字是轻飘飘的,内容同样是轻飘飘的。其中写的都是一些过往的微末小事,既无足轻重,也不足挂齿。即便是同时代人,或许也大都将其抛诸脑后了。但是,我却无法忘记它们，不仅无法忘记，随着岁月的流逝，它们甚至在我的面前变得愈加清晰起来——那些儿时的人事、风物、民俗、老歌……它们见证了我的成长，同时也见证了一个时代。由是，它们或许超出了我的个人意义，从而打上了清晰的时代烙印，并成为一代人的文化记忆。在这些文章中，虽然在怀旧之余，我也想尽量写出时代背后沉甸甸的东西，多一些言而无尽的意味在内，只是限于写作的功力，我在很大程度上并未达到此目的。

　　书中讲述的其实是有关两个小城的故事，我童年时代曾经生活过的两个小城——从某种意义上，也可以说它们是我个人的"双城记"。虽然小城很小，但岁月静好，现世安稳，同时也承载着我的童年，我的梦想；虽然小城很小，但那里有我的父母、我的姐妹，有我平生度过的最为美好的时光——童年的时光短暂，却如悠悠长河；童年的世界很小，却总是探索不完。如今，父母垂垂老矣，连我自己亦已步入中年。岁月其徂，日子的确是越过越冷了，好在，我的心中还有那么多值得时常咀嚼、反复回味的记忆存在。

　　我把这本小书分作四个部分，分别是"民间""风土""人情""老歌"。其中，"民间"和"风土"相互纠缠，彼此暗合，我并不能把它们区别得十分明晰。而把"老歌"部分纳入此书，似乎显得有些突兀，不过，这些歌者、这些老歌，都是一个时代的符号与象征，也与我的童年、与我的青春，有着千丝万缕的联系，既然同是怀旧，自己也就不觉得太游离了。毕竟，岁月本身就是一首老歌，既然不忍割爱，也算是对"轻飘飘的旧时光"的另一种方式的回顾吧。

目录

001/ **民间**

003/ 拨浪鼓

005/ 花米团

007/ 爆米花

009/ 弹弓

012/ 琉璃蛋儿

014/ 拍"啪啪"

016/ 摔"瓦屋"

018/ 杀"羊羔"·顶牛

020/ 滚铁环

022/ 攒糖纸与收烟盒

024/ 点五官与打手背

027/ 纸玩具

029/ 全国粮票

031/ 上海糖果

033/ 宝塔糖

大众浴池　/035

歌舞团　/038

录像厅　/040

自行车　/042

喇叭裤　/044

防震棚　/047

西瓜摊　/049

风土　/053

老宅　/055

牌坊　/057

老井　/059

乱市　/062

拜年　/064

抄春联　/066

闪光雷大战　/068

黄鼠狼　/070

知了猴　/072

嘟嘟　/074

游泳　/076

捉蜻蜓　/078

打"水漂"　/081

083/ 爬树
085/ 串树叶
087/ 看火车
089/ 小人书摊
091/ 露天电影院
093/ 照相馆里的小童车
095/ 夏季周末记事

099/ 人情

101/ 刘金梦老人
103/ 小城"孔乙己"
105/ 八魔道
108/ 二痞子
110/ 第一个小女生
112/ 登台演出
114/ "三八线"
116/ 冬子服
118/ 列宁装
120/ 拾金不昧
122/ 白日梦
124/ 看电影
126/ 看电视

听广播　/129

听故事　/131

书房　/133

书签　/135

借书　/137

走失的书　/139

小偷　/142

体罚　/144

去北京　/146

去南京　/148

乘车记　/150

问题少年　/152

老歌　/155

随风而逝　/157

永远的邓丽君　/160

感觉李宗盛　/163

文人罗大佑　/165

告别的年代　/167

煮酒论崔健　/171

春节的嬗变　/175

三十以后才明白　/177

180/ 想起李寿全
182/ 温一壶月光下酒
185/ 栀子花的清香
187/ 流浪者的歌声
190/ 寂寞的骄傲
192/ 再见张行
195/ 古剑·菊花·酒
197/ 听听朴树
200/ 花样年华的诱惑
202/ 日光海岸的故事
204/ 那些人，那些歌
206/ 一首歌，一段青春

【民间】

拨浪鼓

拨浪鼓是一种木身皮面、带有手柄的扁平小鼓，皮面的两侧各缀有一枚弹丸，可以"持其柄摇之"，用来甩动弹丸击打鼓面，以发出一种"扑噔噔、扑噔噔"的响声。我们小时候又把拨浪鼓称作"扑棱鼓"或者"嗝嘟头"，前者象形，指的是拨浪鼓来回摇动时两枚弹丸左右甩动的情形；后者象声，指的是拨浪鼓摇动时所发出的声音。

拨浪鼓其实是一种很古老的打击乐器，而它作为一种流动货郎招徕顾客的工具，早在宋代就已经非常流行了。这当然也是一种底层百姓仅供糊口的营生，因为他们售卖的物品除了供儿童解馋的零食之外，不过是一些针头线脑之类的日用百货，生意冷清自不必说了，即便生意兴隆，获取的利润也是极其有限的。我乡常见的流动货郎即所谓"货郎鼓"者，基本上都是以板车或独轮车为其承载货物的工具——时至今日，板车或许还偶有所见，但独轮车却已是绝难觅踪了。据说南方的流动货郎多是以挑担承载货物的，所以，他们又被称作"货郎担"。我思忖这或许与南方和北方的路况差异不无关系，北方平原道路平坦，利于车行，南方山区大都是石板小道，挑担反而更觉方便一些。知堂老人在谈及旧京货郎沿街吆卖的"一岁货声"时，尝感叹

"在寒夜深更，常闻此种悲凉之声，令人怃然，有百感交集之慨"。现在回想起来，拨浪鼓发出的虽非人声，但其中传递出的却也未必不是一种"悲凉之声"吧。

但这种"悲凉之声"无疑是我小时候最喜欢的一种声音了。不管是在自家的老门楼里做游戏，还是在学校课间短暂的十分钟内，但凡听到有拨浪鼓摇动的熟悉的声音，大家就像听到了某种极富诱惑力的召唤，马上会一拥而出，将"货郎鼓"包围得密不透风。但每次所买的东西却总是有限的，吃的，不过一棒糖稀、一个梨膏、几个江米片；玩的，不过一个陀螺、一张砸炮、几只琉璃弹。有时即便不买东西，围聚在板车或独轮车周围，看看车子里的那些花花绿绿的好东西，或者干脆摇动一会儿摊主的拨浪鼓，只是听着那"扑噔噔、扑噔噔"的响声，也同样是很快活、很过瘾的事情。

有些"货郎鼓"的板车上还会有一种很有趣的装置，在板车中央的位置支起一个木板做成的圆盘，圆盘上以线条分隔出不同的空格，每个空格上都标示着价格不等的货物名称。圆盘的对面则架着一个引弓待发的铁针，转动圆盘，发射铁针，铁针射中的空格处即可以得到与之相对应的货物。这有点类似于时下流行的一档名为"购物街"的娱乐节目，其中"大转盘"的创意即与之颇相仿佛。我记得每次打出一枚铁针大概只需一两分钱的样子，却有得到数倍于付出的可能——虽然这种可能非常微小，而最大的可能或是一无所得，但这种"认赌服输"的方式却依然能够刺激我们屡战屡败、屡败屡战。木制的圆盘亦因之被铁针打得伤痕累累，可见这种带有一点赌博意味的促销手段还是颇为成功的。

当然，如果你实在没钱，却又的确想要一试身手，也可以拿了铝制的牙膏皮去与摊主做一个交换——这样的结果往往是，家中的牙膏尚未用完，装有剩余牙膏的牙膏皮却已经不翼而飞了。

花米团

花米团是将小米花与糖稀黏合而成的一种乒乓球状的食品（另有一种以大米花与糖稀黏合而成的花米团，因块头较大，又名"大蒸馍"），它是我小时候最爱吃的一种零食。我喜欢吃花米团不仅是因为它的香甜可口、松脆宜人，另外还有一个很重要的原因，花米团一分钱就能买两个，便宜。

我的童年是在一个日常用品极度匮乏的环境中度过的，且不说小县城的副食品商店基本上没有什么像样的儿童食品，即便有，以父母微薄的收入，也根本不可能同时满足我们四个孩子的口腹之欲。所以，虽然我是家中唯一的男孩子，但在零食方面，父母对待我们四个从来都是一视同仁，决不会私下里搞一些厚此薄彼的小动作。在我的记忆中，我小时候对于零食的需求，差不多都是在那些诸如拨浪鼓之类的小摊子上得到满足的，不管是平时节省下来的零花钱，还是春节得到了"压岁钱",只要手头稍有宽松,我都会在这些小摊子上"疯狂"消费一把,而每次买得最多、吃得最过瘾的,无疑就是花米团了。

那时候能够得到的零花钱实在是很有限的,所谓"手头稍有宽松",也不过是拥有了几张一毛或者两毛的零钞而已,偶尔拥有一张超过一元的整钞,一种当上富翁的感觉就会油然而生。更多的时候,我手上能有的还是以一分、二分或者五分的硬币居多。你当然也不能小瞧这些硬币的作用,就拿区区一分的硬币来说吧,它不仅意味着两个花米团,同时还意味着一棒糖稀、一个梨膏、一小包爆米花、三个江米片以及其他诸如此类的零食。能够拥有一枚二分,或者五分的硬币当然更好了,你不仅能够吃上许多花米团,甚至还可以在每只花米团的表面都抹上一层糖稀——花米团涂糖稀,那是一种多么令人难忘的美味啊!

在我们四个孩子当中,我和大姐分别是聘请家住县城北关老街的一对老人看大的,我和大姐称呼他们为"大爷爷"和"大奶奶"。两位老人没有自己的孩子,对我们两个一直呵护备至、疼爱有加,以至当我和大姐已不再需要他们的照看之后,也依然会经常遛到老人家中,去享受一下两位老人所带给我们的温暖。有一次,我和大姐去老人家中玩耍,临走时大爷爷和大奶奶分别给了我们每人一包红糖和两毛钱,并让我俩给父母捎好。尽管当时父母对我们的家教非常严厉,但一包红糖和两毛钱的诱惑毕竟太大了,为了真正占有它们,给父母带的"好"终于没有捎到——我和大姐将红糖放在学校里泡水喝了多日,两毛钱则用来买了好多包括花米团在内的零食。不过,这件事最终还是没能瞒得过父母，我和大姐虽然饱了口福，却也各自落了个挨一顿暴打的结果。

记得有一个冬日的午后，我和几个邻居家的小朋友正在老宅的门楼下做游戏，二姐忽然从外面跑了进来。她气喘吁吁地告诉我们，说她刚刚发现了一个卖花米团的好去处："北关城门里的云生家，花米团一分钱可以买仨！"听到这个消息，我们一刻也不停歇地蜂拥到了云生家狭窄的门厅里。果然，当门案板上整整齐齐地摆放着几只玻璃器皿，里面全部放满了令人垂涎的花米团。从那时开始，我们就只买云生家的花米团了。

爆米花

爆米花显然是一种生命力极强的零食——为什么这么说呢？随着时光的流逝，很多深受我们那一代人喜爱的零食已经逐渐淡出了我们的视野，但似乎只有爆米花，不仅没有离开我们的生活，反而与我们的生活贴得越来越近了。时至今日，爆米花的花样越来越多自不待言，同时，爆米花也越来越得到今天的孩子甚或成人的青睐。

对于我的童年生活而言，打爆米花既能够满足自己吃零食的口腹之欲，其过程本身却无疑又是一次非常好玩的娱乐活动。打爆米花的摊子最常出现在被老人们称作衙门前的那片空地里，据说这里曾经是清朝的县衙所在地。如今，县衙早已荡然无存，昔日威严的衙门也逐渐演变成为一些流动商贩摆摊的集散地。以打爆米花为营生的大多是一些家境不好的老人，从他们的衣着和面貌上就能够看出他们走街串巷的辛苦，以及日常生活的艰难。他们常常推着或者拉着一辆破旧的板车，板车上放着用来打爆米花的工具：一只小火炉，一只风箱，一个可以用手摇动的、葫芦状的黑色转锅，还有一个用来盛爆米花的大口袋——也就是这些十分简陋的家当，构成了一个打爆米花的简易作坊。

打爆米花的摊子大都是黄昏时分出现，因为这个时段正值孩子们的放学高峰，而这些孩子才是经常光顾爆米花摊的最主要顾客群。爆米花的交易大抵分为两种，一种是自带玉米或者大米的，属来料加工，摊主只是收取微薄的加工费；另一种则无须等待，直接从摊主这里买走现成的爆米花——摊主的板车上总会摆放着许许多多大小不一的纸包，这些纸包被折叠成喇叭状，里面装满了加工好的爆米花，定价最低的每包不过一分钱而已，它们所针对的正是这后一部分顾客群。当然，经常光顾爆米花摊子的还是以前一种顾客居多。每当放学归来，大家就会拿了盛有玉米或者大米的搪瓷缸或搪瓷碗不约而同地纷沓而至，来得早了，固然可以早早拿了加工好的爆米花回家；来得晚了，却也不妨将自己的搪瓷缸或搪瓷碗按照先后次序排放在摊主的板车上，自己则可以借这个机会在外面"疯"玩一会儿，好在再也不必搜肠刮肚地寻找各种理由去跟父母请假了。

我一直觉得，打爆米花的过程有点像专门为孩子们而设的一个节日庆典。老人一手拉风箱，一手摇动着那个葫芦状的黑色转锅，转锅下面的小火炉则烧得旺旺的，发蓝的火焰紧紧包裹着那个装满玉米或大米的黑色转锅。打开转锅的时刻可以看作是这个节日庆典的高潮，老人把转锅的开口处直接吞进平摊在地上的大口袋里，然后手拿套筒，再把脚踩在转锅开口的机关上，孩子们则捂上耳朵迅速跑开。随着"砰"的一声暴响，原本干瘪的大口袋一下变成了一个鼓鼓囊囊的圆柱体，老人的脚下先是升起了一股烟雾，继而一股爆米花的芳香便在空气中弥漫开来。未等这股烟雾散尽，贪吃的孩子已经重新围拢过来，迫不及待地将那些热乎乎的，甚至还有些烫嘴的爆米花大把送入口中……

说真的，在我的内心深处，许多儿时的记忆均已变得模糊不清，但那个黄昏打爆米花的画面却一直没有褪色——非但没有褪色，随着时间的流逝，反而变得愈加清晰起来。

弹 弓

民间有很多大有来头的玩具，看似平凡无奇，却有着极深的历史渊源，比如弹弓。据说古代有一种叫作"射"的狩猎工具，其实就是弹弓。弹弓当然也是一种类似于弓箭的弹射性武器，但因为它的杀伤力毕竟太低了，终于未能像弓箭那样被广泛运用于杀人的行当中——弹弓何幸，虽然未能登堂入室，却为后人贡献了一种娱乐的玩具，这使得弹弓减少了一些杀气，并蒙上了一层温馨的怀旧色彩。

在我小的时候，鸟儿很多，空地很多，我所在的小县城，说穿了也就是一个稍大一点的小村庄而已。弹弓是我小时候最主要的玩具之一，这当然并不取决于弹弓的威力有多大，而是因为做弹弓取材方便、做工简单，不管你玩得好，还是玩得不好，人人都能够轻而易举地掌握它的玩法。而且，弹弓显然也是一种很适合男孩子玩耍的、很"酷"的武器，拿着弹弓摆个造型，无疑是一种颇具男子汉气概的姿势。在电子玩具尚未一统天下的时代，弹弓也就自然而然地成为我们那一代男孩子用来娱乐、玩耍的首选了。

弹弓的做法大抵是一致的，但在取材方面却多多少少有点区别。一般来说，弹弓由弹弓架、橡皮筋和弹兜三部分组成，其中弹弓架分木质和铁质两种。木质弹弓架的取材大都以榆树或柳树枝上等腰三角形的树杈为主，先将选好的树杈砍成规整的"Y"字形，然后扒皮、晾干，拧上木螺丝钉，再将橡皮筋绑扎在树杈的顶端，橡皮筋的另一头则分别连接上弹兜，一只木质弹弓即告完成。铁质弹弓的做法也是大同小异，只是弹弓架由树杈换成了柔韧度适中的细铁丝而已。

我们玩弹弓的主要用途是用来打麻雀。那时候麻雀真多啊，它们满世界飞来飞去的，屋顶上、树丛里、稻场边……到处都能够看到麻雀们灵动的身影。不过，麻雀却并不是那么容易打中的，这不仅因为麻雀生性活泼、机警，稍有风吹草动，即会溜之大吉，更为关键的是，打麻雀首先需要练就一身百步穿杨的过硬功夫——除非你干脆把玩弹弓当作主业，把学习当作副业，否则这身过硬功夫绝不是轻易可以练就的。这就不难解释，一般弹弓玩得好的，大都是那些学习比较差的同学了。

但不管学习怎样，只要弹弓打得好，在班里总会拥有很多拥趸。比如，我有一位名叫李岩的同学，每逢上课总是无精打采，完全是一副没睡醒的模样。但是，一下课，尤其是弹弓在手，他的精、气、神马上来了。这家伙学习成绩一塌糊涂，打弹弓却是一顶一的好手。每当星期天大家相约一起打麻雀时，我常常无功而返，他总是满载而归。尤其让我欣羡不已的，李岩还有一只漂亮的弹弓，这只弹弓有着坚实的木架、流畅的造型，而且明显作了抛光上漆的处理。我每次看到，都会不自觉地产生出一种想要拿在手中的冲动。

那时，还有一种以细铁丝窝成的手枪状的弹弓，子弹用纸折叠而成。同学之间常常用这种弹弓相互嬉戏，做一些打仗、抓特务之类的游戏。这种手枪状的弹弓威力不大，也没有什么危险性，对于那些不太"尚武"的同学，反觉得更加好玩一些。

琉璃蛋儿

小时候，我的体质不算太好，所有难度大、较费体力的游戏——诸如倒立在墙上的"贴锅饼"以及被我们称为"打洋车子轱辘"的连续翻筋斗之类，我基本上都是玩不来的。而我的个人兴趣，也就自然而然地转移到那些技巧性比较强的游戏上面。

弹琉璃蛋儿是我小时候最喜欢玩的游戏之一，这种游戏不需要太大的力气，却又明显带有一些颇富刺激性的"博弈"色彩，而且只要有两个或者两个以上的人在场，随时随地都可以开战。所谓"琉璃蛋儿"，不过是稍大一点的玻璃球而已，其中部分琉璃蛋儿芯子里装饰着一些花花绿绿的花饰，就像玻璃跳棋的棋子，但更多的只是清一色透明的玻璃珠子，外表普普通通，根本看不出有什么特别之处。在我的印象中，琉璃蛋儿有两种玩法，一种比较简单，双方互为对攻的目标，弹中目标可以奖励一次，谁先靠近对方一拃之内者为赢，就能将对方的琉璃蛋儿收为己有；另一种玩法则稍微复杂一些，先在地上挖一个小洞作为大本营，然后画一条横线为起点，以率先占领小洞者为赢，其间尚有一些攻守上的规则细节，但如今我却已然忘得一干二净了。

琉璃蛋儿的好玩之处不仅在于它有"博弈"的刺激性，同时，更有一种因熟能生巧而获得的成就感。弹琉璃蛋儿主要以手指发力，但是，手指发出的弹力是否够大，只是获胜的必要条件之一，更重要的，还需要掌握一种借力打力的巧劲。我刚开始玩琉璃蛋儿时，只知道用大拇指的指甲顶着弹出，这其实是一种很笨的玩法，不仅弹不远，准确性也极差。时间一久，我就慢慢摸索到窍门了，原来用大拇指的关节处发力才能将琉璃蛋儿弹得更远，而且更省力，也更容易击中目标。这个技巧当然是经过了好长时间的苦练才真正掌握到的。

因为玩琉璃蛋儿，冬天，我的右手常常冻得又红又肿，尤其接触地面的手背处，还会裂开一个很大的口子。夏天当然就好过多了，找一片清凉的树荫，找一片宽敞的空地，几个要好的小朋友凑在一起玩玩琉璃蛋儿，真是一种绝好的消遣。而且一旦过了技巧关，再玩起琉璃蛋儿来也显得十分顺手，久而久之，我非但成为我们那条街上玩琉璃蛋儿的"常胜将军"，而我获得的"战利品"，竟然也越来越丰厚起来。这些"战利品"当然都是一些大大小小的琉璃蛋儿。琉璃蛋儿在相互击打的过程中是很容易出现斑痕的，但是，在我的眼中，这些斑痕也未尝不是一种"战功累累"的标记吧。

我把这些琉璃蛋儿小心翼翼地存放在一个结实的纸盒子里，即便不玩，我也会时常看看它们，有时还会拿在手中把玩一会儿。它们都是我童年时代的珍藏啊！但不知什么时候，这只盛满了琉璃蛋儿、同时装满了我的童年记忆的纸盒子突然不见了，而我的童年生活，也随之悄然结束了。

拍"啪啪"

"啪啪"是一种用纸折叠而成的玩具,其做法很简单,取两张大小相同的纸对折,一横一竖交叉叠放在一起,然后分别折角,相互插入对角的缝隙中,再用力踩平,一只方方正正的"啪啪"即告完成。

"啪啪"可以两个人玩,也可以几个人同时玩,但其玩法却只有一种,那就是拍。拍"啪啪"一般由剪子、包袱、锤来决定开局,输者将自己的"啪啪"放在地上,赢者则以自己的"啪啪"用力拍打,其后双方交替进攻,谁先把对方的"啪啪"拍翻,谁就是赢家,可以将对方的"啪啪"收归己有。所谓"啪啪",在这里应该是一个象声词,描摹的当是"啪啪"摔在地上时所发出的声音。

古人云:"工欲善其事,必先利其器。"拍"啪啪"首先需要有坚实、厚实的"啪啪"用来作武器,而轻飘飘的"啪啪"拿在手中肯定是不太好使的——换句话说,就是用来折叠"啪啪"的纸质越好,赢取对方的胜算越大。所以,叠"啪啪"最好使用那种质地坚韧、强度较大的牛皮纸,如果实在找不到这样的牛皮纸,一般书籍和杂志的封面,也应该是不错的选择。但是,在我的童年时代,别说是质地优良的牛皮纸了,就连很普通的纸张也非常稀见,我们那时可以用来叠"啪啪"的,差不多都是一些品质低劣的废弃纸张，像用过的作业本、旧报纸、包装纸，以及在路边上捡到的香烟盒之类。更多的时候，父母是连旧报纸也不让用的，唯恐我们不小心会将领袖的照片折叠成"啪啪"，在地上拍来拍去的，那可就吃不了兜着走了！

事实上，拍"啪啪"一方面需要有坚实、厚实的"啪啪"作武器，另一方面也并非使用蛮力就能奏效的，而是要善于使用巧劲儿。比如，对待那些大而笨重的"啪啪"，就不能采取硬碰硬的正面进攻，最好是见缝插针、旁敲侧击，并对地势上凹凸不平的"窝"加以利用，以弱胜强也未始不是一件容易做到的事情。对待那些相对比较小巧的"啪啪"，则不妨不遗余力、全力以赴，只要"砸"中要害，即可大功告成。由此看来，"啪啪"玩得好，武器精良固然重要，但如果没有善于运用武器的技巧也是枉然。而有些喜欢拍"啪啪"的小朋友技巧平平，当然就只能在武器方面做做手脚了。他们为了增加"啪啪"的威力，常常在自己的"啪啪"里面塞进许多"填料"，这些"填料"包括一些碎纸片、硬纸板，有的"啪啪"甚至还塞进了薄铁皮。被塞进"填料"的"啪啪"明显肿大了许多，即便是高手，一时也很难将它们拍翻。以至到了后来，大家在拍"啪啪"的时候，首先要检查对方的"啪啪"中是否塞进了"填料"——类似情形，如同现在运动员参加比赛时，首先要检测是否服用了兴奋剂一般。而那些喜欢在"啪啪"中塞进"填料"的玩家，逐渐就没有人愿意再找他们玩了。

拍"啪啪"当然也是我小时候最喜欢玩的一种游戏。根据"啪啪"纸质的差异和威力的大小，我还分别为自己手上的"啪啪"明确了不同的等级，其中级别最高的是"元帅"，稍次一等的是"将军"，"将军"以下，差不多就是一些不入流的"啪啪"了。拍"啪啪"自然有输有赢，赢了自不必多说，输了——特别是输掉那些"元帅"或"将军"，我竟会连续数日闷闷不乐呢。

摔"瓦屋"

现在的孩子不知道"瓦屋"是何许物也，当然更没有玩过摔"瓦屋"的游戏了。

所谓"瓦屋"，不过是一种用泥巴做成的玩具——比赛双方首先选取一块大小适中的泥巴（最好是那种富有黏性的胶泥），加水，像和面一样将其揉匀，然后，把泥巴捏成小碗形状的东西，底朝上，口朝下，用力摔在地上，放出炮仗一样的声音。若碗沿完好无损，碗底震出一个大大的窟窿，算是成功；若碗沿也同时震破了，算是失败。一方碗底震破，另一方就要提供用泥巴拍成的"布"来补窟窿，窟窿越大，用泥越多，如此，反复多次，直到一方将另一方的泥巴赢光，即为分出输赢。

摔"瓦屋"的关键，在于碗沿和碗底薄厚的程度，碗沿薄了，容易震开，"出师未捷身先死"；碗底厚了，却又难以震开，当然同样不能获胜。捏瓦屋是个技术活，需要反反复复实践多次，才能够琢磨出其中的道道，逐渐掌握个中要领。滨湖的小城湿地多，有的是胶泥，这种泥的特点是黏性强，干湿适中，很容易做成好玩的瓦屋。做瓦屋的材料随手可得，给喜欢玩泥巴的孩子提供了足够的理由。但一般父母差不多都反对自己的孩子玩泥巴，他们以为泥巴是脏东西，常常会弄得孩子们身上没有一块干净地方，碰不得。殊不知摔"瓦屋"其实是一种最接近自然的游戏——玩泥巴能够让孩子吸收地气，而吸收地气的孩子身体更健康呢。我个人觉得，无论是从游戏的健康指数着眼，还是从游戏的趣味指数着眼，摔"瓦屋"都远胜于今天孩子手中的电玩。

实际上，父母们虽然大都禁止自己的孩子玩泥巴，但更多的时候却是事倍功半，他们的约束不但起不到多大的作用，反而会让孩子们额外多了一层偷偷摸摸的刺激。我小时候就经常背着父母玩泥巴，与三五个同样喜欢玩泥巴的小朋友约在一起，大家找一个隐蔽的所在，挖一块大大的胶泥，兴致勃勃地玩摔"瓦屋"。这种游戏的乐趣并不单纯是为了分出输赢，游戏的同时，还在于动手制作的过程——泥巴可以捏成瓦屋，也可以捏成各种奇形怪状的玩物，真个是千变万化，其乐无穷。当你托起刚刚做好的瓦屋，抡圆了手臂重重摔下时，听着那一声声清脆的声响，看着瓦屋落地时所绽开的一朵朵"花瓣"，那种其乐融融的成就感，又岂是那些打电玩的孩子所能够领会的呢？

摔"瓦屋"摔得兴奋，有时也不免演变成一场泥水大战。混战的双方以泥巴做武器，连泥带水地相互攻击，直玩得一头、一脸、一身全是泥巴，一个个全都变成了"泥猴子"——大家玩得情绪高涨、热火朝天，父母的叮嘱自然早已变成了"耳旁风"。虽然打扫战场时，大家也会顺便收拾一下各自衣服上的泥水，但欲盖弥彰，残留的痕迹还是出卖了他们的行迹。最终的结果不免乐极生悲，轻了，遭父母数落；重了，就会受皮肉受苦。但对于喜欢玩泥巴的孩子来说，他们并不后悔。

杀"羊羔"·顶牛

杀"羊羔"是我小时候经常玩的一种游戏，游戏如同大家熟悉的"老鹰捉小鸡"，其规则非常简单：选一块空地，几个孩子围在一起，一人充当大灰狼，另一人充当护羊者，其余的孩子是为"羊羔"，依次在护羊者背后牵着衣襟排成一队。游戏开始，大灰狼捉"羊羔"，护羊者则尽力保护小羊。若大灰狼成功突破护羊者的防线，并捉住小羊，大灰狼胜利；若超过一定的时限，大灰狼依然无法突破护羊者的防线，也不能捉住小羊，护羊者和"羊羔"们胜利。

这是一个紧张并且有趣的游戏，既富有一定的对抗性，却也充满了集体之间相互协调与彼此合作的精神。每次玩这个游戏，不管远近，大家总会呼朋引类地邀来各自邻居家的孩子——大大小小、高高矮矮、胖胖瘦瘦的孩子们聚在一起，甚至连那些过去并不认识的孩子，也从此熟悉、相交，并很快成为要好的朋友。大家玩得既热闹，又尽兴，一时间，小小的院落里充溢着孩子们的欢声笑语。尤其是雨雪霏霏的天气，老宅子里封闭的门楼过道，最适合玩这类游戏，关上了大门的门楼过道，犹如一个封闭的私密空间，或者是一个不为成人所知、不受外界干扰的隐蔽角落，让孩子们彼此之间真诚面对，全身心地投入到好玩的游戏当中。

与杀"羊羔"相比，顶牛虽然富有对抗性，却是更适合两个人玩的游戏。这是一个男孩子之间比拼体力的游戏，参与者双方均用右手抬起自己的左腿，并将身体前倾，两人靠右腿支撑、蹦跳着去撞击对方的左腿，以把对方抬起的左腿撞下来为胜。顶牛以身体强壮者占有天然的优势，但也并非一味地比拼蛮力，玩得久了，自然会体会到一些不足为外人道的诀窍。比如个子矮小如我的顶牛者，就专门去顶对方膝盖以下的薄弱部位，不仅往往能收到奇效，甚至还经常可以出其不意地以弱胜强。当然，顶牛是一种相对危险的游戏，玩不好的话，很容易造成一些轻微的肢体伤害。不过，老师尽管并不提倡大家玩顶牛，却也无法从根本上禁止。所以，每每到了课间休息的时间，男孩子们玩顶牛、杀"羊羔"，女孩子们玩踢毽子、跳绳、砸沙袋，那样的画面，构成了校园里的一道最美的风景线。

那个年代，好玩的游戏可真多啊！除了男孩子喜欢玩的杀"羊羔"和顶牛之外，还有女孩子喜欢玩的踢毽子、跳绳、砸沙袋、过"家家"——很难想象,一个插着漂亮鸡毛的毽子,会被心灵手巧的女孩子们踢出那么多的花样,正踢、倒踢、快踢、慢踢……而一根细细的、毫不起眼的绳子,也居然有着那么多的跳法:一个人跳、两个人跳、反着跳、正着跳……另外还有男孩子和女孩子都喜欢玩的摸"瞎"、木头人、捉迷藏,等等——这些游戏阳光、节能、环保,既无所谓输赢,又永远玩不腻。甚至连同日常生活中的种种,诸如轧面条、打香油、弹棉花之类,也都是一样的与人为亲,同样充满了手工的乐趣,充满了运动的快乐。

滚铁环

滚铁环是我小时候常见的一种游戏。那时,在小城内的大街小巷里,经常能够看到一些孩子,各自手执一根头上带有弯钩的铁棍,推着一个圆圆的铁环往前跑。铁环滚动在宽阔的柏油路面上,总会发出一种"哐当哐当"的声响,有不少孩子还会在自家的铁环上套上几个小小的环子,铁环一旦滚动起来,就会多出一种"哗啦哗啦"的声音,显得悦耳了许多。

把昔日孩子玩的铁环,与今日孩子玩的滑板相对比,还是颇有点意思的。它们都需要有一定的技巧,不会玩的寸步难行,会玩的则能够玩出各种各样的花样——滚铁环可以保持长时间不倒，而且能够翻越各种障碍物；滑板的花样更多，每一个孩子都有自己的"必杀技"，自不必我多说。滚铁环也是孩子们之间的一项竞技项目，但与一般竞技项目稍有不同的是，滚铁环更多的不是比谁推得快，而是比谁推得慢——铁环前行，首先需要保持一定的平衡，铁钩与铁环之间的接触点要找准，才能掌握铁环的方向和重心，快了好说，慢了就很难做到这一点。所以，滚铁环比快往往不显水平，比慢反而更见功夫，这也是一般孩子常常夸口，说自己能够让铁环停在原地不倒、屹立不动的原因。

至于铁环的来源，可谓五花八门，而喜欢滚铁环的孩子，也是八仙过海，各显神通。有些孩子的父亲在工厂上班，本身就是能工巧匠，制作一个小小的铁环，自然不在话下。有些孩子没有这样的便利，就会巧夺天工地利用一切可以利用的现成材料——比如，取来木桶上的铁箍，或者其他各种相类似的什物，来充当铁环，却也一样可以玩得出彩。一般来说，老师是不让学生带着铁环去上学的，怕他们玩起来上瘾，耽误了功课。但也总会有一些孩子能够躲过老师的眼睛，将铁环悄悄带到自己的教室里，下课的时候来来回回遛上几圈，自己过把瘾，自鸣得意一番；别的孩子也会跟着凑凑热闹，或者轮流比试比试，一见高低。

在局外人眼中，滚铁环显然是一个很单调的游戏，一个人推着个铁环走来走去的，能有什么意思？但子非鱼，安知鱼之乐。事实上，那时候的游戏都很简单，或者，也可以说都很单调，但那时的孩子却都玩得非常投入、乐而忘疲。可见，童年世界自有童年世界的密码，童年生活的质地既与物质和财富相关，却也并不存在必然的联系——时代贫瘠，但孩子们的生活，依然可以有趣而迷人。

是的，那是一个贫瘠的年代，但贫瘠，却并不意味着无聊——在贫瘠的年代，同样能够收获快乐，同样可以玩得开心。比如，我们可以把驱虫药宝塔糖当作美味的零食，也可以把带有香味的橡皮擦、各种动物形状的卷笔刀乃至反正面的写字本，当作自己最珍贵的收藏，从中体会到由衷的欢心与快乐。而这些，又岂是今天的孩子所能够体验到的呢？

攒糖纸与收烟盒

与现在的许多小朋友一样，我小时候也喜欢收藏一些自以为值得收藏的东西，除了小人书之外，我最痴迷的是那些五颜六色、花花绿绿的糖纸和烟盒。

那时候攒糖纸并不是一件很容易的事情，因为一年到头也吃不上几次糖果，所以靠自己吃糖来积攒糖纸根本是不必指望的，而我得到糖纸的唯一途径就只有去捡——不管街头，还是路边，只要有希望捡到糖纸的地方，我总会有事无事地转过去溜达溜达，在地上搜寻一番。但即便如此，能够捡到的糖纸也依然是很有限的，而且，捡到的糖纸的品类也非常单调，一般硬糖的糖纸还算易得，软糖的糖纸——尤其是那种用来包装高级奶糖的玻璃纸，就显得比较珍稀了。我记得那时最常见的是一款糖纸是一种水果硬糖的糖纸，这种糖纸纸面粗糙，上面印制着舞剧白毛女的图案。至于糖纸里面包装的内容就不必多说了，留给我的最深刻的印象也不过是一个"硬"字而已。父亲每次出差，我总会在心中暗自计算着他回来的日子，揣想着他会给自己带回来一些什么样的糖果，对于我来说，能够吃上好吃的糖果固然令人高兴，但更让我兴奋不已的，还是能够得到一些平时绝难得到的糖纸。我把自己得到的糖纸一一展平，再小心地擦拭干净，并按照不同的主题、纸质和图案进行了分类，然后夹在几本《战地新歌》中。我积攒糖纸的兴趣终止于一位同学的讥讽，他说攒糖纸属于女孩子的爱好，喜欢攒糖纸的男孩子身上没有男人气。我自然不希望自己身上没有男人气，为了证明这一点，我终于将辛苦收集来的糖纸当众销毁。虽然我的确为此痛苦了好长一段时间，但能够证明自己身上有男人气，我还是觉得非常欣慰。

与攒糖纸相比，我收烟盒的兴趣保持得更为长久一点。虽然时至今日我依然没有学会抽烟，但有两种在当时广为流行的香烟的价格，我却一直记忆犹新。其中一种名为"红灯"，八分钱一盒；另一种是"大前门"，三毛九一盒。前者最常见，在我的印象中，妈妈单位里的男人们所抽的基本上都是这种香烟；后者则更多地出现在一些比较重要的场合，比如带有一些喜庆色彩的节假日，以及家庭请客时的宴席上。在喜欢收烟盒的小朋友之间，还流传着这样一首顺口溜："一等人抽中华，高高在上；二等人抽牡丹，满口喷烟……"后面好像一直排到十种人的样子，其中"大前门"排在第三的位置，可见其身价的确非同一般，但从"大前门"往下还有哪些，我却已经记不清楚了。在顺口溜列出的十种香烟中，最难得的当然是中华烟的烟盒了，那时收烟盒的渠道本来不多，除了像攒糖纸一样去捡，就只能得自于朋友间的交换，而我的唯一一张中华烟的烟盒，即得之于和一位同学的交换。这位同学的父亲是县革委的官员，当时大概属于那种"高高在上"的一等人吧，但这位同学却并不喜欢收烟盒，他更喜欢玩琉璃蛋儿。于是，我们各取所需，我用自己手上的琉璃蛋儿换得了他手上的中华烟烟盒，而这唯一的一张中华烟烟盒，也就当之无愧地成为我烟盒中最值得骄傲的收藏。

同样是受这次交换的启发，我开始去县革委办公楼的后面去寻找烟盒，果然常有一些令人欣喜的斩获。有时还能在那里看到不少稀见的糖纸，可惜的是，我那时已经不攒糖纸了。

点五官与打手背

小时候经常与姐姐和妹妹在一起，玩一个名为"点五官"的游戏。

这种游戏的规则是这样的：两人一组，一人一边点对方的手心，一边喊出对方五官的名称；另外一人则需要将一只手交给对方，另一只手点在自己的鼻子上，并随着对方所喊出的五官的名称，迅速移动自己的手指，点在与这个名称相对应的位置。

这是一个很好玩的游戏，好玩处不在于游戏本身的趣味，而在于对方点五官时的错误百出——你喊出"鼻子，鼻子，眼睛"，他却一下将手指点在了嘴巴上；你喊出"鼻子，鼻子，耳朵"，他却一下将手指点在了眼睛上；你喊出"鼻子，鼻子，鼻子"，他却一下将手指点在了耳朵上……即便你有着充足的准备，即便你动作麻利、反应敏捷，但正所谓"百密一疏"，你也总是无法每次都能点到正确的地方。这种看起来手忙脚乱的错误，便是这个游戏最有趣的地方，往往能让人笑不可抑、忍俊不禁。而我和姐姐、妹妹之间的点五官游戏，亦常常在欢声中开始，在笑语中结束。

与点五官相类似的，还有一种打手背的游戏。这种游戏同样好玩，也更加简单：一人将掌心向下平放半空，另一人则将掌心向上与之相贴，并想方设法地分散前者的注意力，然后出其不意地翻起手掌，击打前者的手背——若前者迅速抽手，没有打中，后者输，改作前者击打后者；若前者未及时抽手，被打中了手背，前者输，游戏继续。玩打手背的游戏玩得出神入化的，当首推我的父亲，他的绝招是连续出掌，打中一次，即次次打中，让你频频中招，防不胜防。与父亲相比，我和姐姐、妹妹玩的打手背，就颇有点"小儿科"的水平了，打手背的与被打手背的，基本上都是一样的动作迟缓、笨手笨脚，而父亲那招漂亮的独门绝技，我们居然一个也没有学会。

事实上，在过去的年代里，曾经有过许许多多好玩的游戏，那些游戏既锻炼智力，也锻炼体力，有很多还配有好听的儿歌，而且它们都有一个共同的特点，那就是简单，易学。比如我儿时玩过的"炸果果"和"编花篮"吧，前者只是要求两个孩子面对面站立，两手相牵并不停地来回抖动，且口中念念有词："炸，炸，炸果果，腰里别着个好果果。翻开，掉开，吱扭过来！"随着儿歌的节奏，牵着的双手举过头顶，各自向后转身，变成背后拉手的姿势，如此，循环反复。后者以四人一组，第一人左腿站立，将右腿弯曲向后抬起，第二人同样左腿站立，将右腿弯曲向后抬起，并钩住第一人的右腿，第三人和第四人如法炮制，四个孩子用腿相互勾连成一个"井"字，然后唱着儿歌，转圈跳动："一五六，一五七，一八一九二十一；二五六，二五七，二八二九三十一……"

没有好玩的玩具，没有好吃的零食，这样简单的游戏，我们居然总是乐此不疲，一玩就是半晌。而我们的童年，也在这种简单而又迷人的游戏中，逐渐离我们远去。

纸玩具

顾名思义，纸玩具就是用纸折叠而成的各种玩具。小时候没钱买玩具，我经常能够玩到的，就是这种不用花钱去买的纸玩具。

我曾经玩过的纸玩具可称花样繁多，像交通工具类的纸飞机、纸汽车、纸轮船，动物类的纸青蛙、纸大雁、纸狗狗，另外还有纸手枪、纸衣裤、纸房子……你简直无法想象，一张看起来并不出奇的纸张，竟然能够变幻出这么多的花样。我平常玩得最多的是纸飞机，因为它既适合一个人玩，而且做法也非常简单，就是拿一张纸，对折成带有两只羽翼的飞机模样，然后用力扔去半空中，让它自行滑翔，即便是很小的孩子，也能够很快掌握个中要领。但是，要想做成一只性能优良的纸飞机却也不太容易。羽翼折得太大，飞不远；羽翼折得太小，又常常不能保持平衡。这就需要折叠时拿捏好一定的尺度，当然不是一般生手所能够办到的。有一段时间，家属院里的孩子们流行玩纸飞机，大家都在相互攀比，看谁折叠的纸飞机飞得更高、更远，以至整个院落里常常漫天飞舞着许许多多的纸飞机，场面煞是壮观。

大姐从小就是折叠纸玩具的高手，一张普普通通的纸张，一旦到了她的手里，很快就会像变魔术一样，变化成各种各样的纸玩具。这既需要有丰富的想象力，同时也绝对是一种精巧的手艺。大姐经常会为二姐、妹妹和我折叠一些复杂的纸玩具，而这些纸玩具在家属院里也属独此一份，让我们出尽了风头。若是给二姐和妹妹玩，她会折叠出各种配套的纸衣裤，这些纸衣裤虽然看起来神似而形不似，却大小不一，非常可爱；若是给我玩，她会折叠出各式各样的纸枪支——其中既有小巧的左轮枪，也有电影上经常能够看到的"王八盒子"，大姐甚至还能用很多张纸折叠、对接出形象逼真的冲锋枪。大姐折叠出的大雁，不仅形态上惟妙惟肖，拉动尾巴，大雁的头部还能上下摆动，令家属院里大大小小的孩子们羡慕不已。

几个孩子在一起做游戏时，我们也会玩一种名叫"东西南北"的纸玩具。虽然这种纸玩具折叠的技术含量并不高，但玩起来却无疑十分过瘾。"东西南北"的基本做法是，先拿出一张正方形的纸张，四角对折，然后翻转过来，再次四角对折，最后形成一个类似于抓斗一样的东西，可以将两只手的四个指头伸进去，上下左右进行开合。折在外面的部分分别写有"东西南北"四个字，遮掩在里面的部分，则对应着"解放军""红小兵""地主""特务"之类的词。

玩具折叠好之后，先由一个孩子坐庄，另外几个孩子则先后报数，然后，庄家会像摇彩一样，按照他们各自报出的数目进行开合。经过几轮开合之后，摇到"解放军""红小兵"这些好人字样的孩子自然兴高采烈，摇到"地主""特务"这些坏人字样的孩子却不免有点垂头丧气。但不管是兴高采烈，还是垂头丧气，大家都会在一种其乐融融的游戏氛围中，度过悠悠如小年的一天……

全国粮票

提起粮票,现在的孩子大都不知所云。但在我小的时候,粮票之于每个家庭都是必不可少的东西——买面、买粮要粮票,去副食品商店买点心要粮票,更不必说出门远行了,必须带足了粮票,否则,拿着钱也买不到食品,就有陷入街头乞讨的危险。一句话,在那个年代,没有粮票,简直是寸步难行啊。

粮票分全国粮票和地方粮票两种,面额则从一两、半斤,到五斤、十斤不等。全国粮票不用说了,自然是全国通用;地方粮票则五花八门,不仅印制的形式花样繁多,面额的大小也各有不同。比如山东省的粮票,只限于省内使用,如果出省,就要使用全国粮票,或者以之兑换成当地的粮票才能使用。粮票虽然只是购粮的凭证,本身并不具有价值,且不许在市场上买卖流通。但我所亲历的事实是,在我上初中的七八十年代,粮票不仅可以直接用来交易商品,而且可以私下买卖,甚至每张面额不同的粮票都明码标价。

我从儿时喜欢读书,初中时虽然年龄不大,却也算是一个资深的爱书人了。当时与我同样喜欢读书藏书的,还有一位名叫赵飞的同班同学。因为有着共同的爱好,我和他自然非常要好,我们一起泡书店，交换各自的课外书，语文成绩也差不多，在班级内都是遥遥领先，只是理科学得一塌糊涂，也就是一般老师形容偏科学生时所说的"瘸腿"吧。

那时候买书，最让我们犯难的，首先是没钱。我的父母和赵飞的父母工资都不高，他们养家尚且捉襟见肘，偶尔给些零花钱，当然远远不能满足我们对书的占有欲。而谎称"学校要收××费"，一次两次还管用，用得多了，也总有露馅的时候。所以，书店不进新书，我们常常盼着，一旦书店进来新书，却又会陷入无钱购买的尴尬境地。情急之下，不免东挪西凑，只要一书到手，也就顾不得许多了。但尽管如此，仍然还是会有许许多多喜欢的书籍失之交臂。所谓"人穷志短，马瘦毛长"，虽然心犹不甘，却只是徒呼奈何而已。

应该是1979年冬天吧，我们盼望很久的一套书，魏巍的《东方》，终于在小城的新华书店上架了。一套三册，当时的定价只有两块三毛钱。但是，两块三毛钱对于我和赵飞，却已经是一个很大的数目了，我们分头筹措，最终所获寥寥。正当我感到一筹莫展之际，赵飞突然间跑过来告诉我："别愁了，我家有全国粮票。""全国粮票能当钱用？"我还是半信半疑。"你就别管了，看我的。"赵飞很自信地说道。

原来，赵飞此前不仅已经侦察好家中放置粮票的地方，甚至连销售的渠道也打探得一清二楚。那是一张面额十斤的全国粮票，据赵飞说，可以卖到两元钱，而余下的三毛自然已不在话下。傍晚时分，我和赵飞小心翼翼带着粮票，来到一个偏僻的十字路口，站在昏黄的路灯下守候。果然，不大一会儿，便有一个中年男人过来和我们搭讪。他带我们去到暗影处，并用手电筒仔细审视了我们所带的粮票。经过一番简短的讨价还价之后，这张面额十斤的全国粮票最终以一元八角的价格出手。回忆彼时情境，与我经常在电影上看到的地下工作者之间接头的情节约略仿佛。

但不管怎样，《东方》终于到手了。我不知道赵飞是否因此受到父母的责骂，但那套《东方》却着实让我们兴奋了一阵子。有了这次经历，后来在外地上学，我还如法炮制，偷偷卖掉了家中所藏的国库券，从而获得一套装帧精美的《全宋词》。

上海糖果

我家有一个老式的三屉桌，很简陋的那种，却比我的年龄还要大一些——之所以提起这个普通的三屉桌，是因为在它的身上，承载着我童年时代的一段有关上海糖果的记忆。

我小时候喜欢吃糖果，最常吃的却是那种一分钱一块、糖纸上印有白毛女图案的水果硬糖——这种水果硬糖的俗称是"糖疙瘩"，其硬可知。至于奶糖，虽然更喜欢吃，却绝对属于稀罕的零食，只有爸爸出差，或者有外地的亲戚来访时，才偶尔能够吃到。记得有一次，爸爸单位的陈叔叔从上海探亲回来，来我家做客，特地带来了两盒上海糖果。那是我第一次吃到上海糖果，在那之前，我还从来没有见过那么精美的糖果，有好看的包装，各种各样的花花绿绿的糖纸，即便看上一眼，就能够引出肚子里的馋虫来；我也从来没有吃到过那么好吃的糖果，软糖、硬糖、奶糖、酥糖，各种口味，似乎应有尽有。当着陈叔叔的面，妈妈分给我和姐姐每人两块奶糖，陈叔叔走后，妈妈马上将剩下的糖果尽数锁在了三屉桌的抽屉里。她告诉我们，好吃的东西要细水长流，以后谁表现得好，她会将这些糖果当作奖品奖励给谁。

从此之后，锁在三屉桌抽屉里的上海糖果，自然就成为我和姐姐时常觊觎的目标。有句老话，叫作"不怕贼偷，就怕贼惦记"。有一天早晨，机会终于来了。妈妈平时上班，照例会将家里的钥匙放在窗台的花盆下，这次我和姐姐放学回家，却并未找到钥匙，估计是妈妈一时疏忽，忘记放哪了。我们进不去家门，只好去妈妈的单位要钥匙。正忙于工作的妈妈匆匆掏出一串钥匙，交给姐姐，并交代我们，开门后立即将钥匙送回来，便继续忙她的了。我和姐姐拿到钥匙，却马上不约而同地想到那张三屉桌——哈哈，真是"踏破铁鞋无觅处，得来全不费功夫"！打开家门，我们直奔三屉桌，也马上找到了开抽屉的钥匙。我和姐姐欢天喜地地分享了这次意外的收获，虽然怕妈妈看出来，并未敢多拿，但这次偷来的上海糖果，感觉居然比上次妈妈给的更加好吃。

当然，像这种直接用钥匙开抽屉的机会毕竟不多。不过，姐姐大我几岁，在吃的方面还是颇有心计的，很快，她又想出了新的办法。原来，姐姐仔细研究了这张三屉桌，发现每个抽屉之间都有一道窄窄的缝隙，而从那只未上锁的抽屉，通过那道缝隙，就可以直接将手伸进那只上锁的抽屉里，尤其是小孩子的手，更是进出自如。这个发现自然一下就拉近了我们与上海糖果的距离，我和姐姐再也不必等待妈妈的奖励，就可以吃到上海糖果了。于是，我们就像找到了一处令人惊喜的秘密宝藏，隔三岔五地就会从三屉桌的抽屉里偷偷拿出几块上海糖果，用以解馋。虽然明知拿得次数多了，妈妈总会发觉，但终究还是抵挡不住上海糖果的诱惑，根本无法禁绝。

没过多长时间，抽屉里的上海糖果已经所剩无几。终于有一天，当妈妈要为我们颁发奖品时，却吃惊地发现，那些奖品早已不翼而飞。好在妈妈问明原委之后，并未责怪我们，她只是将剩下的上海糖果悉数分给我和姐姐，并一再让我们保证，今后决不再犯这样的错误，此事就算过去了。

宝塔糖

在我的胳膊上，至今还有几个非常明显的"花花"，那是小时候打预防针"点花花"时留下的标记。虽然不像现在这样频繁，那时的学校也是经常组织学生吃糖丸、吃宝塔糖、打预防针的。打预防针当然算不上是什么可喜的事情，但毫无疑问，吃糖丸和宝塔糖却是。在那个零食匮乏的年代，糖丸——尤其是宝塔糖，奇异的造型、鲜艳的色彩、甜甜的口感，总能让孩子们体验到一种吃零食的惊喜，也总能给孩子们带来过节一般的感受。

糖丸的全称是"小儿麻痹症活疫苗糖丸"，它以奶粉、奶油、葡萄糖等权料作辅剂，将液体疫苗滚入糖中做成，是一种用于预防小儿脊髓灰质炎的药物。而宝塔糖则是一种儿童驱虫药，其药剂从菊科植物蛔蒿中提取，加入一定比例的食糖，制造为淡黄色、粉红色圆锥体的宝塔形状。我喜欢糖丸甜腻腻且带有一点奶味的口感，但在我的印象中，糖丸不能经常吃，宝塔糖却是可以的。那个年代，孩子们的饮食虽然基本正常，但营养却明显不足，另外再加上卫生条件较差，孩子肚子里有蛔虫，乃是非常普遍的现象，打虫就是必需的。所以，不仅学校里会经常组织学生吃宝塔糖，一般家长也大都将宝塔糖当作一种常备的药物用以打虫，而在孩子哭闹时，家长们也会把宝塔糖当作一种哄孩子的零食，让孩子食用。

因为妈妈在药材公司上班，我家从来不缺宝塔糖。如果有一段时间家里没有零食，我和姐姐就会时不时地吃上几颗宝塔糖，用来解馋。宝塔糖虽然药效并不太强，只是对蛔虫起着一种麻痹的作用，使蛔虫不能附着在宿主的肠壁上，并随着大便被排至体外，但毕竟是一种药物，吃多了肯定会有不良反应。记得有一次，大概就是宝塔糖吃多了的缘故吧，我突然感觉着肚子疼，就往厕所的方向大跑，谁知还没跑出多远，就有一种抑制不住、要拉裤子的感觉，赶快扒开裤子蹲下来，却在裤子里发现了一条长长的蛔虫。更加可怕的是，这家伙居然还活着，像蚯蚓一样来回蠕动着。于是我好长时间都不敢再碰宝塔糖。只是过了一段时间，对蛔虫的恐惧，终究还是抵挡不住宝塔糖的诱惑，于是，故态复萌，照吃不误。

关于宝塔糖，还有一个颇富传奇色彩的故事。宝塔糖的主要原料蛔蒿原是一种珍贵、耐寒冷的野外原生植物，20世纪50年代初期从苏联引进。当时入境的种子，仅仅只有二十克，且在公安人员的保护下，被平均分成了四份，分散在四个国营农场试种，而真正试种成功的，也只有一家农场而已。然而，就在这一家试种成功的国营农场中，蛔蒿的命运也是几经波折、诡异难测。从三年自然灾害和"十年动乱"时期蛔蒿的大量减产，几近灭绝，到凭借一位老技术员在深井内保存的三瓶种子而死灰复燃，乃至驱蛔药市场的一度饱和，再到1985年蛔蒿在全国范围内最终绝种，其间经过了几多风雨、几多坎坷，真是说来话长，一言难尽！

大众浴池

旧时逢年过节，大家都要"沐浴更衣"，不仅仅是出于个人卫生的考虑，同时也有尊崇俗规、行礼如仪之意。在我小的时候，洗澡依然算是一件大事——之所以说是一件大事,并不是因为洗澡有礼仪上的象征意义,而是因为洗澡堂子实在太少了,偌大一个县城,居然只有区区一个洗澡堂子,取名为"大众浴池",倒也名副其实。

我和那时县城里所有的孩子一样,虽然一年下来根本洗不了几次澡,但春节前的这次却是不能不洗的。每是距离春节尚有一周左右的时间,洗澡的前一天晚上,妈妈照例会将替换的衣服和各种漱洗用具,整理,打包,放好。第二天一早,天色未亮,爸爸即骑上他的那辆"大金鹿",带上我和提前准备好的包包,披星戴月地直奔"大众浴池"而去。

然而,到了"大众浴池"才知道,我们来得早,还有比我们来得更早的。大家都知道洗澡堂子常常人满为患,来得早了,或许还能找到属于自己的铺位,能洗到清水;来得晚了,别说找铺位、洗清水了,能否买得着票,入得了场,还得两说呢。所以,最常见的情景是,无论来得多早,洗澡堂子的售票口总是挤满了等待买票的人们。而一旦拿到票,进入澡堂,新的烦恼又接踵而至:找不到拖鞋,找不到浴巾,一个窄小的铺位往往会被几个人所占据,真个是连个下脚的地方也没有啊。

洗澡堂子一般分为男池和女池,其内部格局基本上是大同小异的。进入门厅,是一个收票的柜台,以中间的通道一分为二,两边各有一溜长长的通铺。其中,每两个铺位为一组,每组之间用一片薄薄的木板做隔断。两个铺位中间各摆放着一张小小的床头橱,上面虽然也常常放置着水壶和水杯,但是,因为春节期间免费供应的白开水不到位,它们基本上形同虚设。穿过密密麻麻的铺位往里走，掀开一个厚厚的棉布门帘，透过弥漫着的雾气和人体间的缝隙，可以隐隐约约地看到，里面有一大一小两个水泥池子，大池子放热水，小池子放温水——这两个水泥池子，也就是大家泡澡的池子了。

一般来说，若非逢节假日，这两个水泥池子还勉强能够满足大家的需要，毕竟时人对洗澡的要求并不强烈，偶尔洗上一次，即可心满意足。但一到节假日就明显不行了，洗澡人赶在了一起，找不到铺位，只有耐心等待。看谁洗完穿衣服了，赶紧站在旁边，再把手里的包包提前放在铺位上，以确定自己的占有权。好不容易等着了铺位，脱了衣服，进入洗澡间，却不是热水池子里的水太热了，就是温水池子里的水太凉了。大家只好裸身围坐在池子边上，彼此之间发发牢骚，或者直接敲打管道进行抗议……就这么来来回回一折腾，等到终于完成了洗澡的所有程序，一个上午居然也就不知不觉地过去了。

据说，早在公私合营之前，县城里曾经有过多家澡堂，而且都是经营了几十年甚至上百年的"老字号"。这些澡堂条件优越自不待言，像理发、修脚、搓背、按摩之类的服务项目也一应俱全。只是进入新社会，不允许剥削和欺压的现象存在，服务业一切从简，不仅取缔了所有的服务项目，连洗澡堂子，也最终只剩下"大众浴池"一家而已。

歌舞团

1983年前后，歌舞团风行一时，而观看歌舞团的演出，也成为小城年轻人的一种生活风尚。在我的印象中，先后在小城老剧院演出过的歌舞团，有济南歌舞团、徐州歌舞团、淮北歌舞团等等，几乎每次都是一票难求，人满为患。歌舞团演员时髦的衣着服饰，以及他们跳的舞、唱的歌，更成为引领小城时尚潮流的风向标——淮北歌舞团来小城演出时，我才第一次见到传说中的牛仔裤，而彼时尚且默默无闻、后来成为著名歌手的朱明君的一首《什锦菜》，则让我第一次对"妖冶"一词有了感性的认识，从而也真正感受到靡靡之音的莫大魅力。

小城的老剧院应该是新中国成立初期的建筑，到了20世纪的80年代，不仅建筑本身已经显得破败不堪，剧院的经营也早已陷入岌岌可危的境地，可以说正是歌舞团的莅临，救活了老剧院，并让老剧院重新恢复了门庭若市的盛况。老剧院的外观老旧如此，内部更是乏善可陈，且不说室内空间逼仄、压抑，单是坑坑洼洼的地面，也让进入其中的观剧者大觉扫兴。不过，老剧院里的坐具虽然是那种坐着拥挤的老式连椅，却可以多塞几个人，甚合我们这些人多票少者之意——因为我们早已和剧院的检票人员打得火热，有少买票、多进人的特权，而这种没有隔断的老式连椅，则恰恰为我们当中的无票者提供了方便。

  那时我们观看歌舞表演，一般都是托熟人买位置靠前的甲等票，而且许多人霸占着一整条连椅，看到自己喜欢的节目，大家一起鼓掌，一起喝彩，一起吹口哨；看到自己不爱看的节目，大家一起跺脚，一起起哄，一起喝倒彩，有时甚至还会往舞台上扔一些水果皮、饮料盒之类的东西，引得满场观众为之侧目。当时我最喜欢的节目是流行歌曲和迪斯科舞，淮北歌舞团的朱明君演出时，我坐第三排，可以清晰地看到她对台下观众抛媚眼的神态，此情此景，过后许久，依然让我为之心醉神迷。彼时迪斯科舞方兴未艾，当压轴戏集体迪斯科舞开跳时，全场观众为之沸腾，比之当下最为癫狂的摇滚乐现场也毫不逊色。

  歌舞团的演出已经成为小城青少年的一次集体狂欢，自不待言，然而狂欢过头，就会乐极生悲。有一次徐州歌舞团来小城演出，歇场的时间，几个无所事事的男青年喝了点酒，跑去歌舞团的驻地，对女演员说些不三不四的俏皮话。男演员出来阻止，双方言语不合，彼此大打出手，结果几个男青年吃了亏，被歌舞团的演员们狠揍一顿。在家门口被人打了，几个熊孩子自然咽不下这口气，大家各自呼朋唤友，卷土重来，一时间老剧院外硝烟乍起，风起云涌，小城里的各路好汉啸聚老剧院，大有保家卫国的气势。

录像厅

在我个人的印象中，录像厅既是一个时尚的所在，又是一个诡异的所在。

说录像厅是一个时尚的所在，是因为出没其间的，总是那些小城里最前卫、最时髦的红男绿女——男人大都流里流气，女人大都不三不四；说录像厅是一个诡异的所在，是因为录像厅里的光线总是黑黢黢的，空气中飘荡着幽灵，暧昧中混杂着不安，让人情绪亢奋的同时，却又有一种莫名的期待，似乎总有一些出人意料的事情会发生。

小城里最初只有一家录像厅，设在县城中心的曲艺厅内，据说是"跑外交"的能人老白开的。老白其人，在小城里可谓大名鼎鼎，他原本是一家集体工厂的业务员，时常走南闯北地在全国各地联系业务，刚好赶上那个改革开放的时代，于是，得风气之先，率先引进了在小城里绝难看到的电子表、收录机等各种时髦的玩意儿，不仅自己成为最早的"倒爷"，发了家，致了富，而且在小城里也堪称是要风得风，要雨得雨。而尚被视为"异类"的录像厅，好像也只有能量极大的老白才能够开得来。

包括我的父母在内，一般家长都是严禁自己的孩子去录像厅的，他们不约而同地将录像厅看作不良场所,或者干脆就是一个海淫海盗的所在。且不说播放录像的大喇叭直接面向大街挂在录像厅外,其间打打杀杀的声音已然让他们不胜其烦,那些挑衅一般的男女调情的莺声燕语,则更是让他们感到极度反感。但是,严禁归严禁,仍然还是有不少孩子抑制不住自己强烈的好奇心,偷偷摸摸地跑进去看上一两场录像片。所以,当很多父母到了放学时间却依然看不到自己的孩子回家时,他们往往会到录像厅里去寻找,居然也总是毫无意外地一抓一个准。

我真正走进录像厅,看自己平生所看过的第一场录像片,录像厅已然存在许久了。那时电视台正在播放香港电视连续剧《上海滩》,但只播到一半左右,却戛然而止,说是接到上级的指示精神,《上海滩》不让播放了。这对于看兴正浓的我来说,实在是一个令人沮丧的消息,好在录像厅里也同样播放着《上海滩》,而我对看完《上海滩》的兴趣,也足以让我对父母所立的规矩完全当成耳旁风。于是,我就在不知不觉中,沦落为父母眼中的"坏孩子"的一员。

说实话,虽然我对《上海滩》有着浓厚的兴趣,但第一次走进录像厅,让我感到震撼的并不是电视剧曲折而复杂的故事情节,而是录像厅内那种被荷尔蒙所笼罩着的特殊氛围——老式的连椅,弥漫的烟雾,又脏又乱的环境,零零散散地坐着一些形迹可疑的年轻人。尽管条件如此简陋,却能够唤起一种平时不敢去想的猥琐、下流的想象,让人莫名兴奋的同时,又隐隐有一种心惊肉跳的犯罪感,以至第一次面对闭路电视的屏幕,我竟然好久都没有意识到自己究竟看到了什么。

不过,有了第一次,第二次,第三次,更多次,好像马上就变得轻车熟路了。我开始隔三岔五地光顾录像厅,既不敢过于频繁,也尽量不要遗漏自己喜欢的录像片。那个简陋的录像厅犹如我青涩岁月的一个隐秘的逃生口,既让我真正领略了什么是资本主义的花花世界,甚至在某种程度上也完成了我的性启蒙——虽然现如今录像厅已经几近绝迹,但回首往事,我才恍然,原来我们每个人的青春岁月里都有一个属于自己的录像厅啊。

自行车

20世纪70年代,社会上流行手表、自行车和缝纫机"三大件"之说,是为那个时代富裕的象征。到了90年代,"三大件"换成了电视机、电冰箱和洗衣机,不仅意味着时代的进步,同时也标示着时尚的嬗变。

事实上,一直到70年代初期,在偏僻的小县城里,自行车依然是时尚青年必备的时髦装备——谁谁如果骑了一辆被擦拭得锃明瓦亮的"凤凰""永久"或者"飞鸽"招摇过市,不仅会引来无数羡慕的目光,他本人也表现得格外精神,车过处总会留下一串串响亮的自行车铃声,尤其是洋溢在车主脸上的那种骄傲和得意的神色,更与今天常见于街头的豪车一族有得一比。

我家拥有的第一辆自行车,是父亲的那辆"大金鹿"的座驾。那是一辆车型敦实、车架宽大、适合载重的所谓"大轮"自行车,很实用,可以驮很多东西,甚至可以同时带上我和姐姐、妹妹。这种自行车唯一的缺点,就是很难驾驭,尤其是那种设置在后轮的脚刹,更非一般的孩子可以掌控,以至我的同班同学差不多都学会了骑自行车,而我却只能望洋兴叹,眼巴巴看着他们骑在车上,自由驰骋。这一方面固然是因为我的个子矮小,没有便利的身体条件;另一方面,我家只有这么一辆难以驾驭的"大金鹿",恐怕也是我迟迟没有学会骑自行车的一个重要原因。

等我学会骑自行车,已经是升入初中以后的事情了。那年暑假,机会终于不期而至,我去乡下的姥姥家走亲戚,与同样骑了自行车去走亲戚的表哥不期而遇。表哥骑的是一辆二六型的"小轮"凤凰,当表哥沉迷在大田地里捕捉各种昆虫时,我就沉迷在麦场上不停地溜他的自行车。开始只是踩着脚蹬子来回滑行,随着胆子越来越大,够不着车座,我就尝试着把腿伸进大梁下面的三角杠之间,歪着身子向前骑行。虽然姿态不雅,骑得吃力,但我依然学得兴致勃勃、乐而不疲。摔倒自然是无法避免的,但麦场上土质松软,即便摔上一跤却也无妨。有时表哥闲着无事,也会赶过来凑凑热闹,或者指点一下骑车的要领,或者秀一把大撒把的车技,也总会让我看得眼花缭乱、目瞪口呆。

不过几天光景,我骑车就已经能够上下自如,很熟练地来来回回兜圈子了。在麦场上骑着不过瘾,我就央求表哥带我一起去公路上骑。那时候,公路上——虽然号称"国道",其实行人并不多,汽车更是寥寥无几。我和表哥骑着自行车，驰骋在绿树成荫的公路上，尽情地撒欢儿。我们的头发在微风中轻轻跳动，我们的衣角在微风中翩翩起舞。天光明媚，公路宽阔，地平线一望无际，那样的日子真是有趣而迷人。

后来，我终于拥有了一辆属于自己的二六型"小轮"凤凰。记得车子刚刚推进家门，我就费尽心思地开始装饰，我把刹车的把手套上专用的绿色塑料套子，把三角杠套上妈妈专门缝制的暗红色的绒布套。一辆自行车被我装饰得花花绿绿，放在那里，怎么看也看不够。此时此刻，我的心中满溢着幸福和满足。

喇叭裤

小城流行喇叭裤，应该是1981年前后的事情。这种裤子的特点是，低腰短裆，紧裹臀部；裤腿上窄下宽，从膝盖以下逐渐张开，裤口的尺寸明显大于膝盖的尺寸，形成喇叭状，故名"喇叭裤"。

我家老宅在小城的张牌坊街上，这条街与过去的老县衙比邻，是为老辈人口耳相传的"风水宝地"。不知什么时候，老街的拐角处新开了一家小卖铺，主人是一位二十来岁的男青年，留着大包头，上身穿"港衫"，下身穿几乎看不见脚的喇叭裤，店面里还摆放着一台手提式四喇叭的收录机，经常播放一些当时流行的诸如邓丽君、刘文正等人的"靡靡之音"。男青年的做派与老街的氛围形成很大的反差，算得上是彼时引领小城时尚的经典造型。

在老街上生活的多是一些老门旧家，这些家庭的人们习惯穿灰扑扑的衣服，习惯过波澜不惊的日子，对于在自己这块"风水宝地"上突然出现的这位另类角色，他们总是呈现出一种看不惯、愤愤然的样子。他们在背后叫他"业余华侨"——华侨，是他们当时所能够想象得到的、顶级的时尚标准，而在华侨前面冠以"业余"二字，当然就属于冒牌华侨，其中不乏揶揄调笑、冷嘲热讽的意思。但"业余华侨"本人却似乎并不管那一套，照样留他的大包头，照样穿他的喇叭裤，有时还提着他的那台四喇叭的收录机，播放着流行歌曲招摇过市，甚至连门市也是说开就开，说关就关的，完全是一副不理不睬、我行我素的派头。

说实话，"业余华侨"的铺子虽然离我家很近，但是我却经常多跑几步，去别的铺子买东西。我对"业余华侨"的个人生活抱有一种很复杂的感觉，既觉得新奇、神秘，内心深处却又有着那么一点点的羡慕和崇拜，以至每次去他那里买东西，我常常会语无伦次地说不清楚话来。于是，我宁愿多跑几步，去别的铺子，也不想在"业余华侨"面前受窘。

随着时间的推移，有关"业余华侨"的风言风语也变得越来越多。尤其是"严打"的那段日子，"业余华侨"有几天没有开门，就有人说他参与打架斗殴，让公安局给抓了；也有人说他犯了流氓罪，跑了。但几乎让所有人大跌眼镜的是,没过多长时间,"业余华侨"又开始开门了。在他身上所发生的明显的变化是,大包头剪短了不少,裤口的尺寸也没有过去大了。

为配合"严打",小城里掀起过一次剪长头发、剪喇叭裤的活动。男人的大包头,女人的"大波浪",时尚男女的共同装备喇叭裤,都属于被剪之列。那时我们经常去街头看热闹,但见由几个单位联合组成的"纠察队",分别据守在小城内的各个交通要道上,他们每人配备一把剪刀,看见时尚男女经过,拉过来不由分说地先剪头发,再剪裤子,然后教育一番,放人。你还别说,经过这么一折腾,大包头、"大波浪"、喇叭裤真的就不见了踪影,小城里一时间又恢复了那种色彩单一的灰扑扑的感觉。

不过,好像时隔不久,大包头、"大波浪"、喇叭裤就开始卷土重来。而且,这次来势汹汹,基本上没有剪的余地——满大街都是大包头、"大波浪"、喇叭裤,你剪谁?怎么剪?更为关键的是,大家已经习以为常,不再大惊小怪了。

防震棚

唐山大地震那年，我上小学三年级。彼时正逢暑假，我跟随父母去锦州出差，顺便走亲戚。从锦州回来途经北京，我们一行三人住在大爷家，第一天父母带我去了动物园，第二天夜里就赶上了地震。那天半夜迷迷糊糊被妈妈从四楼连拖带拽地拉下来，我还不知道发生了什么事情。于是，悄悄地问妈妈："是谁在追我们吗？"妈妈回答："没有谁追我们，地震了！"然而地震又是怎么回事呢？我依然还是一头雾水。直到当天下午，一次强烈的余震来袭，目睹高大的楼房在眼前剧烈地晃动，令人心悸这是我第一次对地震有了感性的认识。

位于四楼的大爷家当然再也不能去住了，大爷的同事和邻居们，则分别用家中存有的帆布、塑料布等各种防雨日用品，沿着单位的院墙搭建了一溜简易的防震棚。而其后的几天，大雨连绵，住在四处漏雨的防震棚中，我照吃照睡照玩不误，父母却是满腹心事、度日如年。爸爸和大爷一方面忙着去邮局拍电报、打长途电话，给家中通报平安的消息，另一方面还要去火车站排队买返程车票——这两件今天看来轻而易举的事情，在那个特殊时期却是困难重重。直到三天以后，爸爸和大爷终于买到了车票，我跟随父母经过一番折腾挤上人满为患的火车，我们才算真正逃离了北京，同时也狼狈地结束了我们一家三口的这次北京之旅。

没有想到，好不容易回到家里，却也并不太平。那年夏天，山东民间普遍盛传"今冬明春"有强震，大家都被笼罩在即将发生地震的恐怖氛围之中，弄得寝食不安，人心惶惶。但"今冬明春"毕竟是一个非常含糊的表达，人们就像顶着一柄剑，时时感受到地震的威胁，但究竟什么时候地震，并没有人说得清楚。上面安排的防震措施虽然不少，却大都不太实用。比如，让每家空地上放置一个脸盆，脸盆里倒着放一个酒瓶，说是地震一来，酒瓶可以报警，问题是震倒了酒瓶，人是否还有机会跑出去呢？经过反复权衡，大家感觉最靠谱的还是搭建防震棚，于是，全民动员，整个社会行动起来，开始在各个机关单位搭建防震棚。

在妈妈工作的药材公司院内，同样搭建起许多各式各样的防震棚。其中搭建最多的，是用两张木制的连椅面对面对起来，形成一张床，然后用席子和塑料布折成半圆罩在上面，用以遮风挡雨。从外表看去，这样的防震棚就像是一张老式的顶子床，而许多顶子床连在一起，则像极了南四湖里常见的大拖船。有了这艘如同大通铺一般的拖船，妈妈单位里的家家户户和男男女女们，开始过起了热闹的集体生活，每天晚上，大人聊天，孩子嬉闹，玩得开心尽兴，玩得不亦乐乎。尤其到了风雨飘摇的夜晚，大拖船外暴雨如注，大拖船内温暖如春，而我则躲在父母的怀抱里，一任防震棚外风雨肆虐，倾听着雨点敲打顶棚的声音，感觉甚是惬意。

更让人感到莫名兴奋的事情，发生在开学之后。因为防震，教室里不能待了，各个班级都将桌子、板凳搬到室外，各自找块空地儿临时上课。这下好了，说是上课，心却全然不在课堂上，鸟儿鸣唱，树叶婆娑，但凡有点风吹草动，好像都与我们相关，而老师所讲的内容，却大都变成了耳边风。只是这样的日子并没有持续多久，很快，防震结束，一切复归正常，我们又重新搬回教室里上课，怅然若失之余，反倒让人格外想念那段防震的生活。

西瓜摊

小城里曾经有几处固定的西瓜摊，分别位于街头的繁华去处。这几处西瓜摊与那些流动售卖的西瓜摊贩有所不同，虽然价格稍微贵了一些，却有质量保障，切开来几乎个个都是面沙瓤。更为重要的是，这几处西瓜摊的西瓜可以零卖，既可以按照买家的意愿切开论斤称卖，又可以切成一溜一溜地论块卖——五分钱一溜，不必有多少零花钱，也不用担心吃不完，即可大快朵颐，可谓方便、随意，最为闲来无事的老人和四处玩耍的孩子所喜爱。

我小时候即非常喜欢泡西瓜摊，尤其是西关桥头的那家，是我钟情的去处。我所说的西瓜摊，不过是搭在路边树下的一处简易凉棚，中间摆放着一张大案板，周围随意摆放着几把竹板凳、几个小马扎。西关桥头的西瓜摊，其主人是一位胖胖的老人，整天笑呵呵的，经常手拿一把蒲扇，一边扇凉，一边追赶围着西瓜摊不停转悠的苍蝇。老人的绝活自然是切西瓜了，一刀下去，整齐划一，大小均匀，手上极有准头。老人用以招徕吃客的是冰镇西瓜，就是在炎炎夏日，将西瓜分别放在几只大水桶中，以凉水冰之，隔上一段时间，取出，剖开，让吃客们饱啖一顿，马上就会感到神清气爽、暑气全消。

连同我在内，经常会有几个孩子在西瓜摊附近出没。如果兜里有些零花钱，偶尔也会自己花钱吃上一溜西瓜，更多的时候，却是在耐心地等待，因为总有一些成人吃西瓜时，会顺便分给西瓜摊旁的孩子一溜，对于成人这或许不算什么，对于孩子却无异于一次意外的惊喜。还有许多孩子其实是奔着西瓜摊下的西瓜子去的，他们捡拾吃客们丢弃的西瓜子，有的是为了换取零花钱，有的是为了带回家去，淘洗干净，经过晾晒与炒制之后做成零食，自己食用——捡拾西瓜子，在孩子们自然是得到了些许实惠，而西瓜摊的主人，则因此省却了每天打扫卫生的功夫，大家各取所需，也算是一件两全其美、皆大欢喜的事情。

西瓜摊同时也是人们拉家常、侃大山的"据气"，这一点有点类似于那些卖茶水的摊子，事实上，也确实有几家西瓜摊兼营着卖茶水的生意。午后或者傍晚时分，经常可以看到一些街头闲人聚拢在西瓜摊周围，他们往往一手拿着一把蒲扇，一手提着一只水杯，边说边比画，说得眉飞色舞，说得声情并茂。东家长、西家短的飞短流长，自然是他们议论的中心，时事政治与历史八卦，甚至天文地理和神鬼怪谈……也无不是他们时常议论的话题。回想彼时情境，我不禁联想到了蒲松龄，当年他老人家在蒲家庄外的柳泉边设摊，用讲故事换喝茶的方法收集素材，想必蒲翁所看到的，应该也是这样的场景吧。

我一直觉得，西瓜摊其实代表着那个年代平民阶层的一种消费方式和娱乐方式。在西瓜摊前，也经常能够看到一些途经此处的车夫，他们把地板车停在路旁，坐在凉棚下擦拭汗水，小憩片刻，狼吞虎咽地吃掉几溜冰镇西瓜，真个是痛快过瘾、酣畅淋漓！然后，重新拉上自己的地板车，顶着烈日绝尘而去。

一 风土

老　宅

我家有一座老宅，在古城的张牌坊街上。老宅不大，有三间带走廊的堂屋，一间小巧的门楼过道。小小的院内遍植着石榴树和枣树——石榴树结出的是白色的冰糖籽，粒大汁丰，甘甜可口；枣树结出的是脆灵枣，皮薄肉厚，又甜又脆。听奶奶讲，这座老宅其实并不是我家的祖产，它的格局不大，新中国成立前应该属于一家小地主所有，土改后分给了爷爷奶奶，连同室内摆设的条儿、八仙桌子和太师椅等，应该都是那次城市贫民分享胜利果实的收获，以至后来爸爸入党，外调人员前来家访，看到这座颇带些老门旧家"范儿"的老宅，马上认定爸爸的家庭成分过高。最后还是颇费了一番周折，爸爸的入党问题才算得到了解决。

我的幼年是在老屋中度过的，那时最常听到的，是奶奶讲述的那个千篇一律的故事："东山磨磨牙，西山磨磨牙，回来吃你姊妹俩。"即便已经听了无数遍，爱哭的我还是立马不哭。爷爷为人忠厚老实，前半辈子一直靠做小生意养家，收入微薄，勉强糊口。新中国成立后公私合营，爷爷不仅分到房产，他本人也进了副食品公司。所以，爷爷的确是真心拥护新政府，感激那个新时代的。在我的记忆中，"文革"伊始，每到吃饭的时候，我们家的一个日常功课是，大家围坐在饭桌前，听候爷爷的口令，全体起立，合唱《东方红》。唱《东方红》时的爷爷显得很肃穆，也很虔诚，他态度谦卑，垂手恭立，唱到动情处，眼中甚至还常常闪现着泪花。我和姐姐、妹妹虽然均为这种庄严的阵势感到有一点害怕，但内心深处却又未免觉得有些好笑——想笑，却又不敢笑，只是埋下头来匆匆吃饭，然后跑到外面尽情撒欢。

当然，老宅留给我更多的，还是那些温馨、快乐的画面。老宅不大，能利用的地方基本都利用上了。记忆最深的是位于堂屋左手的那个小花园，它以树枝、秫秸编织而成的篱笆做围墙，从外面看，里面花木繁盛，枝叶掩映，可谓密不透风。但走进去却是别有洞天，沿着屋墙边的小径走到尽头，居然还有一个逼仄的厨房。夏天，阴凉的花园自然不失是一个消暑的好去处，尤其是玩"捉迷藏"，随便找个角落蹲下，总能让那些邻居家的孩子找上半天。冬天，我们会躲进春意融融的厨房，争着抢着帮奶奶拉风箱，不仅身上暖和了，有时还会得到奶奶的奖赏。当然，下雨或者落雪的时候，我们大多会转移到封闭的门楼过道里玩耍，相比而言，这里的空间更为阔大一些，也更适合玩各种诸如"木头人"、拍"啪啪"之类的户外游戏。

古城里曾经有过许许多多的老宅和老屋，它们青砖灰瓦，曲径幽窗，房顶上长满了各种杂草，显示出一种独特的岁月年轮。我一直觉得，所有的老宅和老屋其实都有自己的生命，它们都是有灵性的，是一种生活方式的具体体现。虽然其中未必会发生聊斋故事，却总会有一些有趣、好玩的细节，令人怀想，让人难忘。而所谓"红尘世界"，所谓

"人间烟火",其实也都是与这些老宅和老屋的存在密不可分的。

但是,很遗憾,今天的人们似乎再不珍惜老宅和老屋了——老屋说拆就拆,老树说砍就砍。他们不愿再倾听老宅对历史的诉说,不愿再凝视老屋对过往的重现。一切让人心安心静的东西,都显得那么不合时宜。如果说每一代人的情感都要有所附着,失去了老宅和老屋,我不知道,我们这代人的情感又要附着于何物呢?

牌　坊

古城曾经与江南的歙县齐名,是北方著名的牌坊城。但因为"文革"期间的"破四旧",数十座精美的牌坊相继被推翻、拉倒,劫后余生的牌坊,只剩下"百狮坊"和"百寿坊"两座而已。所谓"牌坊城"云云,其实早已名不副实了。

我家老宅在张牌坊街上,出门西望,首先看到的就是张家牌坊——亦即"百狮坊"。穿过张家牌坊走到下一个十字路口,往南看,朱家牌坊——亦即"百寿坊"赫然在目。那时候的牌坊街还是古意犹存的,且不说窄窄的马路两旁房屋俨然,清一色全是数十百年的老房子,灰扑扑的,恬静安详、毫无火气;单是马路边上种植的那些合抱粗的高大的梧桐树,森森然绿荫如盖,遮天蔽日,就能够让人感受到一股浓郁的旧时气息。我生也晚,自然无法看到古城当年的古风景致,但可以想象,几十座精美的牌坊分列在大大小小的路口,古城又将是一番怎样的气象。我三岁开蒙,很早就认识了张家牌坊上的"封建礼教的罪证"几个黑色大字。但我当时并不知道的是,"文革"初起,文物遭殃,正是有人灵机一动,在张家牌坊和朱家牌坊的正中匾额上,分别写下了"封建礼教的罪证"和"砸烂旧世界"等标语口号,才终于使这两座牌坊躲掉被推翻、遭拉倒的命运。

乡人俗称的张家牌坊,乃是清代乾隆年间的建构,是为赠文林郎张蒲妻朱氏而建。而其官称"百狮坊",则是因为牌坊上精雕细凿着一百只姿态各异的石狮子。我们小时候到牌坊下去玩,其实也大都是奔着那一百只石狮子去的。我们一方面相互攀比谁爬得快,谁爬得高;另一方面,则比赛谁能够一一查清那一百只石狮子。尤其是后来听说,在一百只石狮子当中,只有一只是公的,可以通过摸裆的方式找到,大家更是兴味盎然,纷纷爬上牌坊去寻找。但是,下面好说,高处的石狮子却是绝难摸到的。结果可想而知,一百只石狮子没有查清,那只公狮子也从未找到。乡人俗称的朱家牌坊,同样是清代乾隆年间的建构,是为翰林院孔目赠儒林郎朱叔琪妻孔氏而建。而其官称"百寿坊",则是因为牌坊上雕有一百个书体不同的"寿"字。不过,因为不属我们的地盘,我们向来对朱家牌坊少有问津。至于是否有人真的查清过那一百个不同的"寿"字,自然无从得知。

年龄稍长,与牌坊有关的故事颇听了不少。比如,张家牌坊的主人为了满足自己的虚荣心,唯恐再有富户超过自己,竟然在牌坊完工后,设计毒死了主持修建牌坊的工匠。比如，朱家牌坊的主人为了迎娶曲阜孔家的姑娘，居然一步一个元宝、一路双趟摆到曲阜，凡此等等，不一而足。事实上，从我记事之日起，牌坊就与牌坊街融合在一起，成为古城不可分割的一部分。我在那里看到的总是自己最熟悉的场景：老屋炊烟，亲戚闲话，慈眉善目的老者，载欣载奔的孩童……对于我来说，牌坊是家乡的标志，牌坊街则是通往家园的必由之路，而一旦失去了日常生活的丰富肌理，牌坊就会变成一个毫无意义的符号。所以，我从来不敢想象，古城怎么可以没有牌坊街，牌坊街怎么可以没有牌坊，而没有了牌坊街的古城，又怎么可以称作古城呢？

但是，牌坊街毕竟还是要拆迁了，听说会建成一座大广场，让两座硕果仅存的牌坊孤立其间。于是，春节期间，我禁不住又一次来到了即将消失的牌坊街。那天是大年初二，街上行人寥寥。虽然家家张贴着春联，但春联的鲜艳，却依然难掩牌坊街时日无多的衰败和落寞——牌坊街即将遁入历史，我们的感情和记忆也将随风飘散……

老　井

古城里曾经有过许许多多的老井，这些老井或在闹市，或在街角，井口或方，或圆，不仅形状各异，而且大小不一。经过岁月的积淀，那些嵌在老井边的石头，已然被打磨得光可鉴人，还有很多，甚至留下了被井绳磨出的、密密麻麻的深深印痕。

　　在我的童年时代，古城里尚没有压水井和拉水井，当然更谈不上通自来水了。一般家庭用水的来源，一是自己去甜水井挑水，二是靠水挑子和木水车送水。去甜水井挑水，首先需要自备水桶、井绳、木挑子等一套工具，而挑水既是一件体力活，又是一件技术活，前者需要具备一定的膂力，后者则需要掌握前后水桶的平衡，尤其使用井绳翻桶取水的技巧，更是让一般的生手望而却步，倘若一不留神，水桶掉进井内，打捞起来就非常麻烦。所以，尽管我家的生活条件尚可，但劳力只有爸爸一人，而他又没有多少空闲的时间可以去挑水，只能选择花钱雇人送水吃用，除非万不得已，也就不会轻易考验爸爸挑水的技术了。

　　我家配有两只很大的水缸，一只存甜水，日常食用；一只存苦水，日常刷洗用。这两只水缸都放在厨房里，我和姐姐、妹妹常常在那里，轮流帮着奶奶拉风箱。而古城里的水挑子也同样分为两种，一种是专挑甜水的"甜水挑"，一种是专挑苦水的"苦水挑"。"甜水挑"好像是五分钱一挑，"苦水挑"减半，价钱介于二分与三分之间。这些送水者基本上都是靠体力吃饭的平民阶层，稍微高级一点的，也不过是配备一辆用来拉水的木水车。这种木水车可谓水挑子的升级版，一次能拉多家多户的用水，可以节省很多劳动力，但即便是区区一辆木水车，也并不是所有的送水者都能够配备。送水者生活的困顿，由此可见一斑。

据说古城曾经有两口时间长达数百年的古井，它们取了两个充满古意的名字：西潭，寒泉——前者位于西门外的堤口处，后者位于南关吕仙堂附近的"仙人桥"畔，均是古城著名的甜水井。到我的童年时代，这两口古井早已不存了，我个人比较熟悉的，一个是位于张家牌坊旁边的那口老井，另一个是井道街的那口老井。它们都与我童年的记忆密切相关，张家牌坊旁边的那口老井，与我家老宅近在咫尺，我常常在那里看乡邻们汲水、闲聊；而井道街的那口老井，则就在我最要好的同学家附近，每次经过那里，我也总能看见同学的妈妈在那里汲水、浣衣。它们构成了我童年生活的温馨画面。

不知什么时候，古城里的老井，似乎一夜之间消失殆尽。连同老井一同消失的，还有那些栽种在井边的，有着数十乃至百年树龄的泡桐树和洋槐树——直到某天，我在春夜里行走，却再也看不到井边的男人和女人，再也闻不到泡桐花和洋槐花的香味了，我才真正意识到这一点。作家王开岭曾经说过："有了井，家才有据点，生命才有了地址。""井，代替江河，聚拢着人气和城乡繁荣；井之多寡，决定了社会容积和人丁数量。"那么，消失了井的社会呢？家，是否还有据点？生命，是否还有地址？我无法想象，也不敢想象。

这个时代，多的是落井下石，缺的是饮水思源。

乱　市

从腊月二十到大年三十的十天时间，乡俗谓之曰"乱市"。乱市的意思，当然并不像往常所指的那种无政府的、不受约束的、放任自流的状态，而是用以形容一种闹哄哄、喜洋洋的热闹气氛。当此时，大街上操办年货的人们摩肩接踵，街道两旁卖春联年画和烟花炮仗的摊位鳞次栉比——前者将年画平摊在路边的人行道上，将春联悬挂在建筑物的砖墙上，有些摊主甚或还能当场挥毫，犹如正在举办着一个个节日庆典的仪式。后者则带着各色自制的鞭炮，以板车或者干脆就在自家的自行车后座上捆了一只木箱，权且当作一个个临时的商店。尤其热闹的当然还是那些卖烟花炮仗的摊位，因为各个摊位之间都在相互攀比，招徕生意，所以只要有一个摊主点燃炮仗，让大家试听，邻近的摊主也不甘示弱，马上应战。摊主的吆喝声与炮仗的炸响声交织在一起，此起彼伏，接连不断，煞是好玩。另外，再加上许许多多卖零食、玩杂耍的流动摊点，整条街道突出的果然是一个"乱"字。

乱市的十天也是我童年时代最为快活的日子。放假了，学校自然无须再去，离开学的时间尚早，也不必急着去赶写作业。家中操办年货的大事自有父母负责操心打理,我唯一的任务似乎就是一遍又一遍地往街上跑,如鱼得水般穿梭在像潮水一样涌动的人流中,选春联,买炮仗,吃零食,看杂耍,竟也与大人们一样忙得不亦乐乎。

俗话说:"憨人放炮,精人听响。"这当然只是那些家境不太宽裕的父母用来哄小孩子的话语,但同时却也未尝不是零花钱短缺的小孩子聊以自慰的托词。我自己最喜欢的,就是站在各个相互攀比的炮仗摊附近观战,偶尔也会捡拾一些没有点着的炮仗。当然,如果零花钱充裕,我也会买一些自己喜欢的炮仗放放,过过瘾。虽说放炮仗的确是为了听响,但说来说去,毕竟还是亲手点燃炮仗的过程才更刺激、更富有诱惑力啊!

那时候,古城里能够买到的炮仗大多都是土制的,甚至连炮仗的名字起得也颇有一点乡土气息,像什么"黄烟炮""二脚蹬""土地雷"之类。我小时候比较爱玩的是"黄烟炮",它的好处在于炸开前的三个过程,先是嗤花,俄而冒出黄烟,最后才会爆炸,既有趣,又没有什么危险。"二脚蹬"在炸响前虽然同样能够缓冲一下,但这种炮仗若做得不好,常常会两响合成一响,炮仗尚未被"蹬"上天,就已经在地上炸得粉身碎骨。至于那种膀大腰圆、威力巨大的"土地雷"之类,乃是炮仗家族中的重武器,当然就更不是我那个年龄所能够问津的了。

随着我的年龄渐长,年味也开始越变越淡。首先是古城内的那条窄窄的老街不见了,拓宽的马路两边盖上了整齐划一的楼房。接踵而至的，则是春节的集市被集中在城郊新辟的一片区域内——那里的一切都显得那样井井有条，那里的一切都显得那样规范有序。看起来一切都很好，却唯独缺少了过去那种闹哄哄、喜洋洋、热闹无比的年味。

拜　年

如同初七送火神，十五闹花灯一样，拜年，自然是大年初一的重头戏。

过年的高潮其实从除夕之夜就已经开始了。首先是每家的大门前都会横置上一条长长的"拦门棍"，一方面用以防止鬼怪晦气进入院内，另一方面则要把财源运气拦在家中。堂屋当门的桌子上摆放着先祖的画像，画像前面摆放着鱼肉瓜果之类的供品。在我的印象中，每每是在年夜饭即将开场之前——最早是由奶奶，后来是由父亲亲手点燃起桌子上的香火和蜡烛，双手合十，虔诚祷告，以求在新的一年中依然能够得到先人的保佑。吃年夜饭，图的本来是合家团聚的圆满和喜庆，一家老少围坐在一起，有说有笑，其乐融融，非但饭菜颇有讲究，锅中还照例会留下两个馒头，用以"压锅"，以求未来的一年吃喝不愁，生活无虞。吃过年夜饭，就该领"压岁钱"了，这当然是一年中最令人心动、也最让人期待的时刻。我和姐姐、妹妹鱼贯走进堂屋，围拢在老祖母身边，欢天喜地地从她老人家手中各自接过那个等待了很久的红包。红包里的钱其实并不多，每人大概也就一两块钱的样子，却都换成了五毛的零钞，而且还都是清一色崭新的纸币。把它们放在鼻子边轻嗅，会有一股很好闻的味道，拿在手中轻轻抖动，则会发出一种很好听的声音。大年夜吃得好，玩得好，还有"压岁钱"可供挥霍，彼时我们心中所能够感受到的，大概也只是满足了吧。

所谓"除夕"，即是"月穷岁尽"的意思。月穷岁尽，辞旧迎新，旧岁至此而除，新岁即将来临。古城原有这样的风俗，初一那天起得越早，即意味着新的一年过得越好。所以，从除夕晚间开始，鞭炮声基本上是一夜不曾停息的。此时，邻里之间攀比的是哪家起得最早，而小朋友之间攀比的，则是哪个"守夜"的时间最长。一夜不睡，自然就是最大的赢家。初一早晨，天色未明，随着此起彼伏的鞭炮声，拜年的人们便开始纷至沓来了。这时，每家每户都是张灯结彩，院内散落着一层厚厚的炮仗纸——红的像火，白的像雪。主人则会笑脸相迎，拿出家中最好的糖果、香烟和瓜子，招待那些前来拜年的客人。拜年，自然要先拜老人，不过，这时见到老人，首先问询的却不是那些平常的客套，而是要问："老人家起得早吗？吃了几碗饺子？"老人也总会兴致勃勃地回答你，自己起得很早、吃了很多饺子，以表示自己的身体很健康、很硬朗。

拜年之后，天已大亮，男孩子们穿戴得干净整齐，女孩子们打扮得花枝招展，大家三五成群地涌向古城的大街小巷，放炮仗，做游戏，买自己喜欢的各种玩意儿。手中有钱，感觉自然是不一样的，至少，买起自己喜欢的东西再也不用来回思量、反复权衡了。过年的高潮，就在这样一种欢乐的气氛中不知不觉地渐渐散去，留在我们脑海中的，只是一个让人回味无穷的昙花佳境。

抄春联

每到春节将临，我总会不自觉地回想起儿时过年的种种。其中印象比较深刻的，就是大年初一拜过年后，自己拿着一册厚厚的笔记本，一个人走街串巷去抄春联的情景。

我的童年时代虽然的确没有多少童书可读，但是，我却无端地喜欢一切与文字相关的事物。不过，我真正迷恋上春联应该是比较晚近的事情了，这一方面缘于一种对文字的自发的喜爱，另一方面也缘于父亲对我的影响。父亲平时即喜欢舞文弄墨，每年春节，写春联既属他的专利，又是他的一件颇感得意的事情。自家的春联固然多由父亲亲自操刀，另外还有许多亲朋好友，也经常会请父亲代写春联。且不说父亲的书法水平如何如何，他每年书写春联却总也不免翻阅很多书籍、花费许多心思，这使得父亲书写的春联内容新鲜、风格别致，常常有着出人意料的效果。记得有一年春节，父亲曾经抄写过这样一副古联："一弯流水斜阳外，几缕炊烟老屋中。"横批"逍遥人家"。这样趣味盎然的春联张贴在老屋的大门两旁，既令我遐想不已，同时也会让我感受到一股浓浓的诗意。

在我的家乡，一般家庭大抵都在年三十的下午开始张贴春联。春联涉及的内容相当丰富，风雅者如"风摇竹影有声画，雨打腊梅无字诗""杏花雨沾衣欲湿，杨柳风扑面不寒"等等，经商之家则大多会贴上"生意兴隆通四海，财源茂盛达三江"之类的内容。另外，还有一些诸如"向阳门第春常在，积善人家庆有余""一冬无雪天藏玉，三春有雨地生金"之类的春联。一望可知，这些春联无疑多为乡人们自娱自乐的作品，它们虽然字迹不同、字体各异，有些甚至几近涂鸦，但字里行间却总是难掩喜气。从中透露出的，固然是乡人们对于生活的热情和热爱；从中反映出的，则无不是乡人们在新的一年里最为素朴的个人心愿和期盼。

贴过春联，还要在自家的院内张贴上"福"字和"春"字。这些大大小小的"福"字和"春"字自然是多多益善的，影门墙上要贴，门窗上要贴，甚至连老祖母的床前和母亲的三轮车上也要贴。贴上这么多的"福"字和"春"字，将院落内外装扮得充满喜气，其实就是在编织一种过年的氛围。事实上，也正是因为有了这些小小的点缀，才使得春节拥有了一种喜气洋洋的年味，有了一种既让人留恋，又令人回味的气氛。

记不清从哪一年开始，每当大年初一拜过年后，我就会拿了一册厚厚的笔记本，挨家挨户地去抄春联。一个人穿梭在古城内的大街小巷，浏览着各家各户丰富多彩的春联，我的内心总是涌动着一股难以言表的欢欣与快乐——即便今天重新翻看那册厚厚的笔记本，我似乎依然能够感受到那种欢欣与快乐。但遗憾的是，这样的感受在现实的世界中却是

风土 | 067

再难体验到了，大概是因为人们的生活节奏已经变得太快了吧，快到连写春联的工夫也不复有。于是，家家户户的大门两旁都换上了清一色印制的春联，这种春联印刷讲究、内容统一，贴在门边显得富丽堂皇，却终是缺少了一种温暖人心的"人气"。思之怅然！

闪光雷大战

  正月十五闹元宵，但对于我以及我的小伙伴们来说，正月十五的魅力其实不在于闹元宵，而在于每年正月十五晚上的闪光雷大战。忘记从哪一年开始了，每年正月十五的晚上，闪光雷大战都会如期进行，既没有人约定，也没有人组织，但每到这个晚上照例会变成小城青少年的一次集体狂欢。而春节期间的热闹气氛正是在这个晚上达到顶点，也正是在这个晚上宣告结束。这个晚上过后，小城的一切恢复正常，小城的人们重新开始按部就班地生活。

  所谓闪光雷，原是烟花炮仗的一个种类，有连续爆响的功能，手执长长的手柄，即可以对天鸣放。顾名思义，闪光雷大战即是以闪光雷为武器的一种好玩的游戏——这无疑是一种穷极无聊的游戏，当然也是一种相当危险的游戏，因为闪光雷本来应该是对天鸣放的，我们却拿它对人鸣放，尽管是把它平放在地上，终究还是有着一定的危险性。但对于彼时正处于青春期的我们来说，显然是越危险，才越刺激；越刺激，才越好玩。每个人的成长过程中都有一段特别"混"的年月，正因为荒唐才是青春期的特权嘛，而渴望挥霍与放纵的任性，也正是我们那个年龄段的孩子们的最大特征，更何况那个年代根本没有什么像样的消遣与娱乐呢？

的确，彼时的正月十五既没有花灯，也没有旱船，更没有集中燃放烟花炮仗，以及诸如此类的政府作为。小城的生活太沉闷、太单调了，但人们毕竟是需要娱乐的，尤其是在过节期间。小城虽然很古老，但还是有着太多的年轻人，他们需要刺激，需要"解放"，需要一个青春的宣泄口。虽然"解放"的方式不尽相同，但"解放"的性质却基本相似，对于小城里的年轻人而言，大众狂欢与集体宣泄显然来得更有趣、也更过瘾。而且在他们看来，放纵的年龄无论如何也需要放纵一回，否则，又如何安放他们一生一次的青春呢？所以尽管方式值得商榷，但一年一度的闪光雷大战，或许正是他们可以尽情发挥的一种宣泄方式。

正月十五晚上，闪光雷大战照例会在西关桥头的十字路口进行。随着夜幕降临，人开始越聚越多，大家从四面八方聚集在小城里的这个最繁华的所在，他们大都身着盛装，脸上洋溢着过节的喜气，也似乎都在期待着什么发生。果然，随着一阵连续的爆响，闪光雷开始在地上接二连三地炸开，闪光雷炸响的瞬间，会因为后坐力的原因自行变换方向，而人群随之也像波动的水花一样不停地变换。我们几个熊孩子兴高采烈地穿梭在人群中间，每人的外衣下都掩藏着各自携带的武器——闪光雷，我们悄悄地将它碾在脚下，在出其不意的地方将其点燃，看着人们在闪光雷的追逐下四处躲闪，我们就会产生一种莫名的快感……

正所谓时光如梭，岁月更迭，正月十五的闪光雷大战也在不断地升级，以至规模越来越大。终于有一年，公安人员开始出手阻止这种危险的游戏了，一时间熊孩子们纷纷落网，而闪光雷大战也就此转入地下，渐趋式微。慢慢地，随着我们那一代熊孩子步入成人的行列，正月十五的娱乐亦趋向多元，闪光雷大战正式寿终正寝，成为我们那一代人难忘的记忆。

黄鼠狼

黄鼠狼是我儿时常见的一种动物——之所以会常常看到黄鼠狼，是因为在我们居住的大杂院中，几乎家家户户都豢养着几只鸡仔，用来贴补家用，改善生活。而那些黄鼠狼，套用父亲的话说，就是给鸡仔们拜年来了。

那时的居住条件原本是非常艰苦的，常常是很多人家共同居住在一个逼仄的院落中。然而，正所谓"螺蛳壳里做道场"，每户人家的窗台下，居然还都能腾出一块空闲的地方，为鸡仔们垒上一个像小房子一般的、像模像样的鸡圈。我们家喂养的鸡仔都有着自己很好听、很形象的名字,像什么芦花、凤头、小黄、胖胖之类,这些名字差不多都是父母根据它们各自的特点所起的。一只鸡仔从小养到大并不容易,小鸡仔虽然像一只毛茸茸的绒球那般可爱,却又是那般弱不禁风,往往是喂养了一大群小鸡仔,但真正能够逃得过鸡瘟并最终幸存下来的却总是寥寥无几。不过,尽管如此,大杂院的白天也基本上是属于那些大大小小的鸡仔们的——不仅仅有鸡仔,有些家庭甚至还喂养着几只肥硕的白鹅和鸭子。它们在大杂院里和平共处,优游嬉戏,且各有属于自己的一片领地。公鸡打鸣"喔喔喔",母鸡下蛋"咯咯咯",一天到晚鸡鸣狗叫的,总是那么热闹。

养鸡最大的威胁,除了鸡瘟之外,就是黄鼠狼的偷袭了。每每到了一天的黄昏时分,经常能够看到黄鼠狼在大杂院的墙头上探头探脑地来回逡巡着,动作小心诡秘,"目灼灼似贼"。而一旦听到半夜鸡叫,那就肯定是此辈前来造访了。黄鼠狼生性狡猾且身手敏捷,鸡圈门稍有一点缝隙,它们就会趁虚而入,只要被黄鼠狼咬住,鸡仔们逃命的机会微乎其微。更为要命的是,黄鼠狼竟然能叼了比自己还要大许多的鸡仔上墙穿窬、行走如飞,当人们终于听到了鸡仔们惊慌失措的叫声并迅速起床时,此辈早已逃得无影无踪了。真让人不胜其扰、防不胜防。父母和住在大杂院的叔叔、阿姨们常常对着洞开的鸡圈叹息不已,却又无可奈何。毕竟,当时的一只鸡仔乃是一个家庭重要的生活补给,又怎么可能不心疼呢?

父母和大杂院里的叔叔、阿姨们终于忍无可忍了,他们在一起琢磨出了一个生擒黄鼠狼的办法。这其实仍是一个守株待兔的笨法子，不过是在各家的鸡圈门前放上一只老鼠夹子，张网以待，愿者上钩而已。虽然办法的确不见高明，有一天却也真的生擒了一只黄鼠狼。那天夜里大家正在熟睡中，突然听到了纷乱的鸡叫声。于是，大家在极短的时间内起床、出门，发现在与我们家相邻的李叔叔家的鸡圈门前，多了一个四下蹿动跳跃的黑影。父亲用电筒一照，但见一只身材修长、四脚短小的黄鼠狼，被老鼠夹子紧紧夹住了一只后腿，正在拼命挣扎呢。

当父亲用一根绳子将这只黄鼠狼套牢并高高提起时，只见这家伙前爪抱拳且上下晃动着，像是在不停地作揖讨饶。想不到这个偷鸡贼也会有今天的下场，真是解气！

知了猴

法布尔在他的《昆虫记》中，对蝉的描述是这样的："四年黑暗的苦工，一月日光中的享乐，这就是蝉的生活，我们不应厌恶它歌声中的烦吵浮夸。因为它掘土四年，现在忽然穿起漂亮的衣服，长起与飞鸟可以匹敌的翅膀，在温暖的日光中沐浴着。那种钹的声音能高到足以歌颂它的快乐，如此难得，而又如此短暂。"这段充满悲悯与体贴的文字，让我不自觉地想起"知了猴"——蝉的幼虫，我童年时期最有意思的一种玩伴。

在我的童年时代，每当盛夏将临的第一场大雨过后，黄昏时分，远远望去，城外大大小小的树林里，总会有灯火明灭，人影攒动，这就是"摸"知了猴的人们在行动了。乡人把捕捉知了猴的过程称作"摸"，应当还是颇形象的。因为蝉一生的大多数时间都生活在地下，当它准备破土而出时，首先会在地穴表层洞开一个米粒大小的孔。细心人发现它之后，一般先将这层薄薄的"天窗"轻轻捅开，然后伸进手指，让知了猴的前爪紧紧扣住——也可以将一根细细的树枝小心探入，让知了猴顺势而上，一只知了猴即被提空中，终于束手就擒。不过，从洞穴中摸知了猴，大都是熟练工的成人所为，对于我们这些孩子，却就没那么容易了。我们更多的还是拿着手电筒，在树干上和草丛中，上下左右不停地搜寻，去拦截那些已经爬出洞穴，正伏在地面匍匐前进，或者正在树干上慢慢爬动的知了猴。虽然常常收获微薄，却也不乏快乐。

不好意思说出口的是，我们那时与知了猴的亲密接触，很大程度上只是为了满足口腹之欲。家乡本来有一种"油炸知了猴"的小吃，其做法是，先将捉到的知了猴倒进盆中，冲洗干净，然后，以盐水浸泡，煮熟，再放进油锅里，以慢火煎炸。做好的"油炸知了猴"，颜色一般呈金黄色，放入口中则外焦里嫩，酥香可口，颇备野味之鲜，实在是很难得的美味佳肴。俗话说："三代富贵，方知饮馔。"平民百姓又哪有那么多的讲究呢？在那个年代，菜肴无多，能够吃到自己亲手摸的知了猴，已然是一种满足，一种享受。而其中更让人回味的细节，还在于那种与大自然亲密无间的感受，以及氤氲其间的从容不迫的生活态度。

当然，实事求是地说，那个时代的个人生活的确是非常单调的，但与之相对，孩子们玩的花样却并不显得单调。不像现在，一切从简、从速，只是一味地追求效率和收益，却完全失去了享受过程的乐趣。同样拿捕捉知了猴来说吧，今天的人们早已丧失了"摸"的耐心，他们没有玩的兴致，而只是将心事全部用在机巧的设计上。他们将树干缠上一层胶带，再围绕树下挖出一圈浅浅的小坑，知了猴爬出洞穴，顺着树干往上爬，一旦爬上胶带，马上掉进小坑。到时候，他们只需手到擒来，即算大功告成。以这种方法捕捉知了猴，自然是事半功倍，收效甚丰。但遗憾的是，其中却再没有那种"慢吞吞"的生活乐趣可言了！

嘟　嘟

嘟嘟是一只很纯的京巴小狗，它是我们喂养过的第一只宠物。初来我家时，嘟嘟才刚刚满月，胖乎乎、白茸茸的，像一团雪白的毛线。于是，我和姐姐给它起了一个好听的名字："嘟嘟"。

嘟嘟一天天长大了，从走路左摆右晃不安稳，到用两条后腿可以站立好长时间，它逐渐变得聪明而调皮。嘟嘟特别喜欢趴在我的拖鞋上睡觉，而且喜欢咬着拖鞋到处跑，当你发现它时，它就会叼着拖鞋和你打游击。嘟嘟会用前爪和人"握手"，每天早晨都是它第一个起床，起来先敲我和姐姐的门，喊我们去上学。我们放学的时间，嘟嘟也总会很耐心地守候在大门前，等待着和我们亲热。嘟嘟不爱洗澡，一拿起盆子，它马上就会机警地逃开，但一旦进得盆子，它就会安静地待在里面，一副很乖、很惹人怜爱的模样。嘟嘟想要方便的时候，总会很焦躁地在屋里走来走去，而且它会用眼睛盯着你看，像是在提醒你什么，偶尔不小心尿在屋里，它就像犯了很严重的错误，显得非常内疚。

妈妈在嘟嘟的脖子上挂了一个小巧的铜铃，跑起来会有"叮当叮当"的响声。听惯了这个声音，每天早晨睁开眼睛，我先要聆听一下嘟嘟闹出的欢快的动静，然后，起床，漱洗，吃饭，而那铜铃的"叮当"声，在我听来并不亚于一曲优美的音乐。每天傍晚我和姐姐都会带着嘟嘟去外面玩，在黄昏柔和的光线中，嘟嘟在家属院的大道上奔跑撒欢，在路边的草丛中拱来拱去。母亲告诉我，狗是通人性的，所有的动物都有感情。真的，从嘟嘟的那双大眼睛里，你能够看出一种很柔很柔的东西，你会觉得你们有很多思想是可以相互沟通相互交流的。

终于有一天，那幅和平而优美的画面还是被打乱了。我听见母亲在厨房中喊我，原来是嘟嘟在外面吃了有毒的食物，全身抽搐，口吐白沫。当我和姐姐带着嘟嘟心急火燎般赶到兽医站时，医生告诉我，嘟嘟已经不行了。我轻轻呼喊着"嘟嘟"的名字,嘟嘟显然知道自己的小主人在呼喊自己,它想表示点什么,却只是无力地眨了眨眼睛。我和姐姐站在那里,只是无可奈何地眼看着嘟嘟在生死线上挣扎,看着它求救的、无助的眼神。渐渐地,可以看出嘟嘟眼睛里的光线变得越来越朦胧、越来越黯淡,生命在慢慢离去,它用尽力气看了我们一眼,作了最后的告别。

随着嘟嘟生命的消失,我感到全身发冷,我感到自己生活中的一部分快乐突然间就被莫名其妙地剥夺了,根本不容你有片刻思考的余地。对于我来说,目睹嘟嘟生命的消失,其实是一场提早体验生老病死的训练。我突然意识到生命就是那样的易逝,让人难以接受,却又不能不去面对。虽然我热爱所有的生命,但我却无法对它们伸出援手。我终于知道生命的确就是这般脆弱,自然界中的生离死别的确就是这般频繁而正常,人与人之间的相聚需要缘分,人与动物也是同样。美好的时光总会消逝,所有的生命也总会归于尘土。

游 泳

跟随父母生活在那个滨湖的小城,我很早就学会了游泳。那时候小城里的水真多啊,特别是刚刚下过大雨之后,不仅马路两边坑满沟平,甚至在田间地头，居然也时常能够逮到各种各样的鱼虾、老鳖和黄鳝。夏天，无疑是我们这些喜欢玩水的孩子最喜爱的季节。但是，私自下水却从来都是不被父母所允许的事情，而我又常常抵挡不住下水的诱惑，所以，游泳也就成为与父母之间"捉迷藏"的过程。

在我的童年时代，学游泳本来就是男孩子的必修课，而游泳本身也的确是一件其乐无穷的事情。一般小孩子大概都是从"打嘭嘭"开始，走上自己的游泳生涯的。他们先是受到大孩子的蛊惑和怂恿，浑身脱个精光，壮着胆，小心试探着一步步走进水中；进而闭眼、闭嘴、屏住呼吸，趴在水面上手忙脚乱地不停划动。等到终于可以从水面上探出头来，上下扒着水，用脚面击打出一个个水花，慢慢向前滑动自己的身体了，游泳的第一步——"打嘭嘭"即大功告成。学会了"打嘭嘭"，后面的步骤相对容易了许多，什么仰泳、蝶泳、自由泳，根本不用花费多大功夫，也都一一学会，游泳的乐趣渐入佳境。

不过，这种自由自在泡在水里的日子并不能维持多久，晒黑的皮肤和衣服上时时沾染的泥水，很快即被父母看出破绽。父母一直担心的事情，终于还是不可避免地发生了。除了痛打一顿，以示惩戒之外，父母很快为我制定出新的"规章制度"。而我每次放学回家的时间稍晚一点，就要接受父母严格的检查和盘问。另外，他们还有一个屡试不爽的办法，那就是用指甲在我的胳膊上划一划，只要出现一条明晰的白印子，再怎么解释也终归无用。他们也会突然出现在我经常活动的水域间——因为游泳的区域毕竟有限，一到水边，准能将我生擒活拿。游泳，从此成为我挨揍的最常见的原因。

但是，我要上学，父母也要上班，他们不可能每时每刻跟着我，而我，当然也不可能每时每刻都会出现在他们的视野中。所以，尽管父母看得紧，惩罚也很是严厉，但我还是能够找到一些不为父母所注意的时间，和那些被父母称作"狐朋狗友"的小朋友们一起，啸聚在大大小小的河沟与池塘中，尽情地享受嬉水之乐——我们比赛谁游得远，谁游得快；我们玩"捉迷藏"，玩"木头人"；我们分成两派打水仗；我们站在城北码头的大桥上笔直地往下跳，称之为"跳冰棍"……现在回想起来，我还不免有些后怕，那些令人留恋的水中游戏，虽然当初玩得热闹、玩得痛快，却也的的确确是在冒险呀。

前一段时间，表弟结婚，我和父母又回了一次小城。婚礼结束后，我们驱车在小城中四处转了转。但见小城内街道整齐，楼房俨然，自己熟悉的那些河沟和池塘早已无迹可寻，就连城北的码头也被封得严严实实，根本无从进入了。我在慨叹世事变迁之余，也恍然明白，我们那一代"野孩子"的游乐和嬉戏，再不可能在今天的孩子身上重现了。

捉蜻蜓

说起来游泳，另外还有一个乐趣，就是捉蜻蜓——小城里的池塘和河沟是我们这些"野孩子"最喜爱的流连之处,也同样是蜻蜓们最喜爱的流连之处。

捉蜻蜓自然是需要一些技巧的。对付静止的目标,主要靠"捏"和"粘"——前者是发现停落在草丛树木间的蜻蜓后,蹑手蹑脚地靠近目标,出其不意地捏住它的尾巴或翅膀,但蜻蜓长有复眼,视觉很灵敏,即便小心再小心,成功的几率也不会很大。后者是拿一根长长的竹竿,一头放些熟柏油或面筋,看到栖息在高处的蜻蜓后,用"粘"的方法将其拿下。一般而言,对付静止的蜻蜓大抵只能这样了,对付飞翔中的蜻蜓,我们常用的办法则不外"拍"和"引"两种。所谓"拍",主要用来对付在半空中成群结队飞行的蜻蜓,用一把大扫帚迎着蜻蜓的队列拍下去,不管是否瞄得准,或多或少总会有些斩获。不过,举扫帚却是个体力活,力气小了绝对不办。所谓"引",就是先捉来一只母蜻蜓,以细线系住尾部,然后用小棍挑起来,在半空中不停地舞动,引诱那些好色的公蜻蜓。真是"色"字头上一把刀,果然有不少好色之徒稀里糊涂地上当被执。古人说"红颜祸水",指的肯定就是这种母蜻蜓。

蜻蜓的种类很多,我们根据大小和形色的不同,为它们取了各种各样的好听的名字。其中,比较稀见的有"火车头""大铁棍""花老虎"几种,物以稀为贵,它们飞得高,且从不会轻易落脚,故最为难抓,也最为我们所珍视,若谁有机会抓到了它们,总会扬扬自得地拿到大伙面前炫耀一番。另外,还有"二半大""红辣椒"之类,就属比较常见,也很容易捉获的货色了。至于抓到的蜻蜓,那些比较常见的,起初我们一般会拿去喂鸡,后来听说鸡吃了蜻蜓会变得越来越瘦,我们便将它们放进一个箱子里,让它们相互掐架,玩到意兴阑珊,也就敞开箱子,任它们飞走了。对于稀见的蜻蜓,我们会把它们放在蚊帐里,让它们去吃蚊子,却常常无端断送了它们的性命。

那些夏天似乎总是很漫长,在池塘河沟边,在烈日炎炎下,我似乎总是过着悠悠如小年的日子。当然,乐极生悲也是寻常的事情。记得有一次,我光头,光背,光脚,左手提一个铁桶,右手握一只竹竿,与一个小伙伴梭巡在河沟边。当我们走到一处拐弯的地方时,刚好同正在到处寻找我的爸爸打了个照面。我毫无防备,一下子手忙脚乱起来,不仅手上的铁桶和竹竿"铛"然落地,我自己也吓得一屁股坐在地上。爸爸当时并没有发脾气,反而和颜悦色地告诉我:"你只要听话,好好走过来,自然什么事情都没有了。"

我一路胆战心惊地跟随爸爸回到家中,原以为爸爸已经消气,却不料他突然变脸。这顿揍自然又免不了了,而一贯不舍得打我的妈妈非但并不劝阻爸爸,反而一并兴师问罪,可见他们对我泡池塘、捉蜻蜓的种种作为,是何等的深恶痛绝。爸爸后来告诉我,他之所以当时隐忍未发,也只是怕我掉进河沟里而已。

打"水漂"

小城多水，儿时的很多游戏都与水相关，而打"水漂"，就是我们平时最常玩的一种游戏。

打"水漂"，就是以石片打水，运用手腕的力量，让掠过水面的石片反复弹跳，泛起一个又一个水花，弹跳的次数越多，泛起的水花越多，打"水漂"的成绩就越好。打"水漂"的要点，既在于技巧，也在于选材——从技巧上说，首先要将手腕的力量拿捏准确，最好让手上的石片倾斜到一定的角度，且呈旋转的状态飞出，这样，石片掠在水面的高度恰到好处，扔出去的石片就会像一道有着优美弧度的长线，轻轻滑过水面，划出一道道好看的水花。从选材上说，要尽量选取那种薄而平的石片或瓦片，这种石片或瓦片在形状和大小方面也颇有讲究，既不能太小，也不能太大，太小了，发飘；太大了，又扔不远，这些都能影响到打"水漂"的成绩。

据说，打"水漂"是人类已知最古老的游戏之一，有人推测，新石器时期就有很多人玩这种游戏，而且已经玩得像模像样了。更难以想象的是，打"水漂"还有着非常重大的现实意义，其物理学原理，不仅帮助科学家解决了许许多多的机械难题，甚至还让他们更加精确地设定了航天飞机进入大气层的角度和速度,从而提高了回收的成功率。不过,对于当时尚处幼龄的我们来说,打"水漂"却显然并没有那么多的道道——打"水漂"就是打"水漂",不仅取材方便,人人能玩,而且,还能让我们玩得痛快,玩得开心,而这些之于我们,无疑才是打"水漂"最富有吸引力的地方。

常常是在游泳或者捉蜻蜓的间歇时间,我们想换换口味了,就会玩起打"水漂"的游戏。时值盛夏季节,我们都像无拘无束的"野孩子"一样,顶着阳光,泡在水里,有谁说起打"水漂",马上得到大家一致的响应。于是,我们赤身裸体地从水里爬出来,一身湿淋淋的,即各自去找合适的石片或瓦片。然后,光溜溜的一字排开,站在那些大大小小的池塘边,或者轮流以石片打水,相互比试,看谁打出的"水漂"更多;或者干脆喊声"一二",同时扔出各自手中的石片,看那些石片此起彼伏地在水中舞蹈,激起一朵又一朵好看的水花。每个孩子都会拿出自己的看家本领,少的打出三五个水花,多的甚至能够打出十几个来。而一旦打出这样不俗的成绩,这个孩子也马上会被当作我们当中的"大人物",接受大家众星捧月一般的膜拜。

"池塘边的榕树上,知了在声声地叫着夏天……"每次听到罗大佑的《童年》,总能将我带回到那个打"水漂"的岁月,在我的眼前,也总会出现一群光溜溜、湿淋淋、正在打"水漂"的孩子,在池塘边手舞足蹈,乐而忘返。太阳高照,波光潋滟,那个令人难忘的场景,犹如海市蜃楼一般,如梦似幻!

爬　树

上小学的时候，大凡男孩子凑在一起，总会玩几种带有一些竞技色彩的游戏，爬树，就是其中之一。会爬树的孩子既能够受到同学们的追捧，当然也就是每一个男孩子引以为豪的资本。

童年时代的我身材矮小、体格瘦弱，这种体质的局限自然让我对许多属于男孩子的游戏退避三舍，同时却也为我爬树提供了灵巧、敏捷的好身手。我从小就喜欢爬树，不过，对于我来说，爬树还并不单纯是为了体验一种居高临下的快感，那个浓密葱郁的枝叶深处其实完全是一个别有洞天的天地，你可以轻易地避开大人们的视线，躲在里面窥视外面的世界；你也可以骑在树杈上胡思乱想，或者翻看自己喜爱的小人书，在轻轻晃动的枝丫上重温那种似曾相识的摇篮的况味。

我有过一册名为《老槐树的秘密》的小人书，内容讲述的是一位十三岁的儿童团长，躲在一株老槐树的树洞里打鬼子的故事。小人书中的老槐树有着一个繁茂、庞大的树冠，树上的枝丫如伞骨般四散辐射，"伸到人们的院子里、房顶上，遮住了半个村庄"。尤其有意思的是，这株老槐树的树干顶上，还有一个口朝天的大洞，洞口的四周长着浓密的树叶，孩子们可以在树洞里自由自在地爬进爬出，掏鸟蛋，捉迷藏，抓"特务"，逮长虫——儿童团长打鬼子的故事就发生在这样一株好玩的老槐树上。说真的，每次骑在树杈上翻看这册小人书，总能给我带来一种无边无际的遐想。

说了那么多爬树的好处，似乎爬树的乐趣就仅仅局限在形而上的一面了，这当然是不对的，其实对于童年的我来说，爬树的乐趣更多的还是体现在形而下的另一面上。比如说吧，每当初夏来临，总是椹子成熟的好时节，那些红红绿绿的椹子挂满了枝头，对所有看到它们的孩子，无疑都是一种难以抵挡的诱惑。但这些孩子享受到的待遇却是不同的，会爬树的孩子能够近水楼台先得月，专挑那些熟透的椹子一饱口福，常常吃得两手发紫、嘴唇乌黑。不会爬树的孩子就只能在树下等候，不仅吃到的椹子是一些被前者挑剩了的残羹冷炙，甚至连吃椹子的乐趣也会大打折扣。

小城百货公司的院内有一棵椹子树，每年到了椹子成熟的季节，我总会和一些馋嘴的孩子聚在一起，去百货公司摘椹子。但是，百货公司的大门平时是不允许我们这些孩子随便进出的，而我们也只有化整为零，想尽各种办法才能够蒙混过关。混进院内的我们重新相聚在椹子树下，会爬树的上树，不会爬树的只好眼巴巴地等着树上的孩子摘了椹子扔下来。常常是在大家吃得得意忘形时，也就会逐渐忘记了身边的危险。随着百货公司门卫的突然而至，那些待在树下的孩子一哄而散，很快逃得无影无踪，而每次被抓了现行的，却总是那些会爬树的孩子——对于前者，这或许也算"失之东隅，收之桑榆"吧。

串树叶

烙馍是家乡最为常见的一种面食，那是一种用小擀杖擀成的、锣面大小的圆饼。将揉好的面团擀成薄薄的圆形，摊平，然后放在鏊子上，用一根扁竹批子来回翻动，直到圆饼被烙得两面焦黄、软硬适中的熟透时为止，一张软柔劲道、厚薄均匀的烙馍即告完成。说起鏊子，原是以生铁和模具铸成的专用工具，其大小和外形有点像锣，都是平面圆形，中心略微凸起，不同的是，鏊子通体乌黑，且有三条腿，可以支撑在地上，并在下面填柴烧火而已。

一般而言，烧鏊子最好使用干透了的劈柴或树枝，也可以使用高粱穰或豆秸。但是，前者成本高，后者不易得，故我乡多数人家大都以干树叶来取代二者，当然，很多时候也会以干树叶用作过冬取暖以及日常烧饭之用。所以，每每到了秋凉季节，家家户户的院子里都会晾晒着许许多多的树叶，这些树叶以家乡常见的杨树叶居多，其来源除大人们利用节假日，专程去城里城外大大小小的杨树林里清扫收采之外，就是发动家中的孩子，每人拿了一根铁扦，去所有能够找到落叶的地方串树叶。

串树叶其实是一件很好玩的事情，尤其在那些秋高气爽的日子里，树林内空气清新，树叶飘零，地面上铺着一层或薄或厚的落叶，踩在上面窸窣有声，看过去就像一张硕大无比的金黄色床垫。有时地面上的落叶不多，也可以用力晃动树身，让树叶自行坠落。用来串树叶的是一根又细又长的铁扦，长度一般在一尺左右的样子，大抵以小孩子用铁扦拄地，刚好不用弯腰为限。铁扦靠近手抓之处被捯成一个挂钩，挂钩上系着一根长长的绳子，长绳的尾部还会绑上一根小木棍做挡头，以防止串在绳子上的树叶脱落。串树叶的过程即是先用铁扦把落叶从地面上一片片戳起来，然后再将戳起来的树叶撸到后边的长绳上，绳子越长，串起的树叶就越多，拖在身后的树叶串犹如长龙，就会显得非常可观。而串树叶的孩子也同时拥有了一份值得骄傲的成就感——特别是那些年龄稍大一些、又很能干的孩子，一晌下来，手里往往拉着几串长长的树叶，他们得意扬扬的神情，看起来并不亚于一位载誉归来的将军呢。

不过，串树叶虽然是一件很好玩的事情，但一旦被父母下达为硬性的行政指标，有时却也并不那么好玩。孩子们来到了树林里，爬树、嬉闹、捉迷藏，常常玩得不亦乐乎，在不知不觉间就会忘记了自己串树叶的职责所在，以至到了该回家的时候，手上的铁扦拖着的长绳依然还是空空如也。为了应付父母，我和姐姐的对策是，在极短的时间内像小鸡啄米似的抓紧戳起一些树叶，将它们轻轻推到后边的长绳上，任其保持着蓬蓬松松的状态，却并不撸实。虽然绳子上串起的树叶非常有限，但远远看去，却也同样串满了一条长绳。

但是，这种应急的办法毕竟还是一种"小儿科"的伎俩，当然也很难蒙混过关。回到家中，父亲看到我们串起的树叶并不说话，只是接在手中，往下使劲一撸，绳子上的树叶已经所剩无几。从此以后，我们串树叶再也不敢弄虚作假了。

看火车

小城不通火车，五岁以前，我只在一些画册、图片和小人书中看到过火车。在小朋友们当中，大家都对曾经乘坐过火车的孩子充满敬佩与羡慕之情，而这个孩子因为乘坐过火车，也自觉得见过世面，乃至高我们一等，常常用十分骄傲的语气为我们讲述关于火车的种种。我们偶尔会玩一些有关火车的游戏，而那个乘坐过火车的孩子，也总会毫无争议地充当我们的领导者，我们只能俯首听命，随时听候他的差遣。奇怪的是，我虽然没有见过火车，却常常在梦中看到火车，有时甚至还梦见自己真的坐上了火车。火车，在我的想象中，一直是一个很神奇的东西。

妈妈兄妹六人，彼此分居各地，其中大姨的家在兖州，离我家最近。那里是京沪铁路线上的一个三等小站，我从小知道兖州，一方面是因为父母经常会提起家在兖州的大姨，另一方面也正是因为兖州与火车联系在一起，去兖州，就可以见到火车。我五岁那年，大姨带着姨哥和姨姐来我家小住,临走的时候,决定带我和姐姐去兖州住几天。这真是一件令我兴奋异常的事情!不过,说实话,直到坐在了去兖州的公共汽车上,我还是有点难以相信,我真的就要见到火车了吗?

那天,到达兖州已经是傍晚时分,大姨虽然早已答应带着我和姐姐去看火车,但毕竟天色已晚,而且大姨说到火车站还有一段很远的距离——显而易见,当天去看火车肯定是没有任何希望了。虽然大姨准备了满满一桌子好吃的东西款待我和姐姐,虽然姨哥和姨姐都把他们最好玩的玩具拿给我们玩,然而我却总是有点心不在焉,脑海里老是想象着火车的样子,就像是一件期盼了很久的宝贝,已经近在咫尺了,却尚未到手,心情反而变得更加迫切。夜里睡在床上,我也是翻来覆去地睡不着,想象着看到火车时会有的心情,想象着自己在小朋友间将会如何扬眉吐气,就在这种难掩的兴奋与忐忑不安相互交融的情绪中,我度过了自己在兖州的第一夜。

第二天一早,我很难得地根本没用人喊,就早早地醒来。吃过早饭,大姨即带领着我们几个孩子向火车站出发了。一路走来,姨哥和姨姐虽然对看火车明显兴致不高,但受我和姐姐的情绪感染,他们也同样显得喜气洋洋、兴高采烈。当我们走到距离火车站不远的一处铁路道口时,守在那里工作人员忽然吹响了口中的哨子,并挥动着手中的红旗,接着放下了竖立在道口的栅栏。大姨告诉我们:"火车要来了。"果然,时隔不久,一辆载满了煤炭、喷着烟气的长长的火车即呼啸而至。

不能不承认,初次看到这个黑黝黝、脏兮兮的庞然大物,我的内心居然有一种说不出的失望。这就是我一直想见的火车吗？与我想象中的干净、漂亮、神奇的火车，简直没有任何的可比性，更不用说坐在上面会是什么感觉了。这种意外的失望让我深受打击，使我一时竟然忘记了与姨哥他们约好的一起数车厢有多少节。当他们向我询问结果时，我只得老老实实地回答他们："我忘记数了。"

小人书摊

  古城的老街两旁，曾经种植着许多粗细均匀、高矮相近的槐树。这些槐树虽然说不上古木参天，但每当夏日来临，却也是一道绿树成荫的好风景。尤其到了烈日当头的酷暑季节，缓步走在老街上，宛如走进了一条浓荫蔽日、清凉宜人的长廊。而那些大大小小的小人书摊，就散落在这些由一株株枝叶繁茂的槐树编织而成的绿荫下面。

  在我的记忆中，老街上稍有规模的小人书摊至少不少于三家，其中，以贾隅首新华书店门前的那家摊子为最大，排列的小人书也最多、最全，而我个人经常光顾的，自然正是这家小人书摊。事实上，这家小人书摊的生意兴隆不仅在于它所处的位置好，有近水楼台先得月的地利之便，另外还有一个非常重要的原因，就是这个摊子常常得风气之先，有很多小人书尚未在书店露面，却已经堂而皇之地摆放在这里了，尤其能够让那些心急的小人书迷先睹为快。就拿六册一套的《林海雪原》来说吧，新华书店才刚刚卖过第一册，而这个摊子却已经有了第二册、第三册，当新华书店进来第二册和第三册时，这个摊子却早已配成全套了。由此可见，这家小人书摊的进货渠道，应该并不限于古城内的这一家新华书店。

经营这家小人书摊的，是一对面相和善的老年夫妇。他们早出晚归，除非雨雪天气，总会按时出摊——往往是新华书店尚未开门，他们的摊子便已经开始营业，新华书店早已打烊，他们才会将小人书分别装进几只大纸箱中，做收摊的准备。老人的书摊前常常是人满为患的，摆在路边的那一溜矮矮的木板凳上固然经常是坐满了人，有时甚至连新华书店大门前的水泥台阶上也坐满了顾客。两位老人态度温婉、待人和气，有钱，你自然可以挑选了自己喜欢的小人书，找个位子仔细翻看；没钱，你若耽在书摊前随便翻翻，老人也绝不会有任何怨言。

说实话，我虽然是这家小人书摊的熟客，却并不经常翻看这里的小人书——不是心疼看小人书需花的一分钱或二分钱，而是我更希望将自己有限的零花钱都用在刀刃上。毕竟，我对小人书的喜爱已经远远超出了单纯阅读的层面，因为我更喜欢将心仪的小人书据为己有，所以只有去书店买下那些花花绿绿的小人书，才能够真正满足我的个人胃口。但是，新华书店的新书更新似乎总是那么缓慢，特别是我最喜爱的那些"打仗"题材的套书，像《李自成》《三国演义》《敌后武工队》之类，竟然需要等几年的时间才能够出齐。有时即便这些套书已经出齐，能否在书店买到却仍属未知，倒是老人的小人书摊常常会有一些出人意料的惊喜。等待小人书的日子终是显得太漫长了，书店里一旦买不到，那就只好退而求其次，先去老人的小人书摊一睹为快。

时光匆匆，或许那些大大小小的小人书摊已经完成了时代赋予的使命吧，它们逐渐退出了我们的生活。然而，更令我伤感不已的是，当年老街两旁浓荫蔽日的槐树，如今竟也如同那些小人书摊一样消失得无影无踪了。

露天电影院

小城里只有两家电影院，一家是封闭的，另一家是露天的。因为逃票方便，我最常光顾的是那家露天电影院。

露天电影院是一个用红砖砌成的大院子，有一道很高很长的围墙，与妈妈上班的药材公司隔墙相望——药材公司的西墙也是露天电影院的东墙。药材公司的西墙根下有一个小小的池塘，每次去看逃票电影，我总会小心翼翼地绕过它，然后从池塘边乱蓬蓬的草丛中深一脚、浅一脚地来到西墙根下，从药材公司这边攀上来，再从露天电影院那边翻下去。那道墙很高，为了便于攀爬，我在棱角处磕出了许多缺口。但尽管如此，有时还是免不了会磕磕碰碰的，而我的手上和脚上也常常会留下一些划破或者摔破的伤痕，那就是为看逃票电影所付出的代价了。翻过墙头，走过一座简陋的两层办公楼，才是露天电影院的观影区。走在办公楼前，我的心情总是有点惶惶然，好像小偷一样，做了见不得人的事情，总怕被人抓了现行。另一方面，我又的确按捺不住内心的激动，毕竟已经胜利在望，只要平安地走过办公楼，我就算脱离了危险区域，最终逃票成功了。一旦进入了观影区，混进看电影的人群中，电影院的工作人员纵然真的想抓我又谈何容易？正所谓"鲤鱼脱却金钩去，摇头摆尾不再来"。呵！呵！呵！

当然，平常时日，我还是以跟随父母看电影的时候居多。露天电影院不过是一个空落落的大院子，里面没有座位，只有两根长长的木杆子和一张临时挂在上面的银幕而已。大家既需要自备板凳，同时也需要抢占好的位置，因为一旦抢不到好的位置，即便入了场，也只能被挡在厚厚的人墙后面，看不全甚或干脆看不到银幕，只能徒呼奈何。所以，常常是父母尚未吃完晚饭，我和姐姐已经作为先头部队，带了自备的板凳进入露天电影院占位去了。但是，不管你什么时间来，似乎总有人捷足先登，露天电影院里的银幕前也总会摆满了大大小小、高高矮矮的短凳或长凳。有些座位上还会有几个孩子守着，有些根本就无人看管，而我和姐姐也经常会把自己带来的板凳，放在这些无人看管的坐位之间。有时来得太晚了，电影院里早已人头攒动，加塞已无可能，我和姐姐也会转到银幕后面找地方。虽然从银幕后面看到的影像都是反的，但这里的观众却也相对稀少，不管怎样，总比待在银幕前面"听"电影好多了吧。

随着露天电影院的办公区和观影区之间垒上了一堵墙，我看逃票电影的机会变得越来越少了。记得有一年放映《大闹天宫》，可谓盛况空前，电影票自然是很难买到的，即便从药材公司翻墙而过，也依然难以穿越办公区和观影区之间新垒的那堵墙。无奈之下，我只好跟随高年级的同学来到他们学校的教学楼——站在位于顶楼的教室窗前，可以远远望见露天电影院的银幕。电影的声音是听不清楚的，影像也非常模糊，但是，每个窗口前却都挤满了看电影的孩子，大家也都看得兴致勃勃、津津有味。过后听说那天晚上电影院里发生了踩踏事故，有许多孩子被挤伤或踩伤，我又不禁暗自庆幸，多亏自己没有买到电影票啊！

照相馆里的小童车

小时候，我不喜欢照相，却喜欢去照相馆玩——吸引我去照相馆玩的，自然不是为了拍照片，而是因为那里有一辆充当拍摄道具的小童车。

县城里只有一家照相馆，虽然位于老街中心的繁华地段，但生意却好像一直不景气，经常门可罗雀。照相馆里只有一辆小童车，它或许也是整个县城里唯一的一辆小童车，因为我还从来没有在别的地方看到过第二辆。最初发现这辆小童车，缘于一次妈妈带我去拍生日照。拍照片我本来是一件极不情愿的，不仅因为会被摄影师摆布得全身不自在，更让我感到难受的是，我一看到镜头，尤其再被灯光一照，马上就会精神紧张、手足无措起来。不过，这次刚刚走进照相馆，我却立刻就被出现在眼前的一辆崭新的小童车吸引住了，这是一辆火红色的三轮童车，放在用于拍摄照片的灯架前面，在强烈的灯光照射下，车身锃明瓦亮的，非常迷人。对于童年的我来说，这辆红色的小童车好像来自一个很遥远的世界，在见到它之前，我还从来没有想到过，世上竟然会有这么奢侈、这么好玩的玩具。

有了这辆小童车，接下来的生日照自然就拍得十分顺利了——因为只要能够触摸到这辆小童车，无论摄影师让我做出怎样的动作，摆出怎样的造型，我都会表现得积极主动、非常配合。为了能够在小童车上多坐一会儿，我甚至还破天荒地央求妈妈为自己多拍几张照片。但生日照终于还是拍完了，当妈妈想要把我从小童车上抱下来时，我却依然用两只小手紧紧抓住车把，唯恐一松手就会与小童车失之交臂，以后再也不会玩到这么可爱的玩具了。在与妈妈的僵持中，哭闹，撒泼，耍赖皮，所有能用的方法我基本上都用了，最后的结果是，妈妈一方面答应以后有了钱会给我买一辆同样的小童车，另一方面则拿出即将付诸武力的姿态。我自然明白后果的严重性，只好乖乖地从小童车上下来，跟着妈妈，却又一步一回头地离开了照相馆。

从那天开始，照相馆里的小童车即成为我心中的一个难解的心结，而我过去最讨厌去的照相馆，也一下变成了我最喜欢去的地方。在以后的日子里，不管是顺路，还是跟随着别的孩子去照相，只要有机会，我总会想方设法地跑进照相馆里磨蹭一会儿，看看那辆小童车，看看别的孩子骑在上面兴高采烈的样子，进而想象着自己骑在上面的感觉，想象着有朝一日自己也能够拥有一辆同样的小童车。但是，妈妈的承诺最终没有兑现，因为家中的经济状况一直处于仅供一家人糊口的状态，当爸爸和妈妈终于有了为我购买小童车的余力时，我却早已度过了玩童车的年龄，再也不会为照相馆里的小童车而神魂颠倒了。

在我的相册中，依然保存着几张自己骑在小童车上的生日照。照片上的我得意扬扬、心满意足，笑得一脸阳光灿烂。正是这些黑白的影像，将我贫瘠的童年定格在一个既幸福又难忘的瞬间。

夏季周末记事

早晨《东方红》，晚上《国际歌》，是我年少时听惯的两首曲子。早晨，《东方红》的乐曲响起，就是起床、上学的时间到了；晚上，《国际歌》的乐曲响起，就是上床、睡觉的时间到了，那是一天当中两个最鲜明的时间标志。

早晨根本不需要妈妈喊，街头的大喇叭自然会将我叫醒，就像闹钟一样准时。于是，穿衣，刷牙，洗脸，照例完成一切程序，我就开始行走在去学校的路上——一段弯曲的土路，一个方方正正的稻场，稻场边还有一棵时常花开花落的榕花树。那是日复一日、年复一年的寻常日子，听着同样的乐曲，做着同样的游戏，却过得充实而紧凑，平静又快乐，从不会觉得单调和俗套。

当然，重复的生活中也会有一些例外。比如，星期天就是一个与往常不同的日子——早晨，虽然《东方红》的乐曲照样响起，却再也不用早起了。白天可以玩自己最喜欢的游戏，像摆扣子、玩手枪之类，前者就是将妈妈平时储藏、备用的扣子，分成敌我两个阵营，自己从中指挥调度，玩的是一个虚拟的打仗游戏；后者需要自己扮演两种角色，八路或鬼子，玩的同样是一个虚拟的打仗游戏。这些游戏只需一个人就可以玩得专注投入、津津有味。

而时逢夏季，星期天最让我难以忘怀的，就是去街头捡拾瓜子。那时生活贫瘠，零食极少，父母看别家的孩子经常去街头捡拾瓜子，炒制后可以做成零食，也就如法炮制，让我和姐姐、妹妹一起去到街头的瓜摊前，捡拾吃瓜者遗留在地上的瓜子。我们将捡拾到的瓜子带回家中，清洗，晾干，让妈妈配上作料，炒制成美味可口的五香瓜子，可以吃上很长一段时间。对于我们来说，此举既收获了好吃的零食，又清理了公共场合的卫生，也算是一件两全其美的事情，何乐而不为呢。

白天有白天的事情，晚上也有晚上的工作，那就是去路灯下捕捉飞虫。捕捉飞虫当然是为了养鸡，那时候，差不多每家都会喂养几只鸡仔来贴补家用，改善生活。一般是刚刚吃过晚饭，妈妈就带着我和姐姐、妹妹一起出发了。我们手中各自拿着一个玻璃瓶，以两人为一组，在昏黄的路灯下守株待兔。比较常见的飞虫，是各种大大小小的蛾子，它们飞起来闹哄哄的，总是喜欢围着路灯打转。而体形较大的昆虫，则完全可以用"从天而降"来形容，诸如蛐蛐、蝼蛄、金龟子等等。尤其是蝼蛄——鸡仔们的最爱，它们先是从黑暗处奋力撞向路灯，然后就像喝醉了似的，从上而下骤然降落，成为我们的俘虏、鸡仔们的美食。

偶尔也会捕捉到一两只天牛，这些家伙外形粗犷，个大皮厚，还有着强壮的上颚。鸡仔们对它毫无兴趣，一旦落入我们手中，它就沦为我们的玩偶。我们或者把天牛的后腿捆绑上细线，像风筝一样地放飞；或者在它身后挂上石子之类的重物，让它像老牛一样负重前行——不管怎么玩，我们都能找到一些不一样的玩法，也总会玩得非常开心。

当《国际歌》的乐曲响起时，意味着我们收兵的时间到了。于是，在妈妈的带领下，我们押着各自的俘虏，踩着自己在路灯下忽而变长、忽而变短的影子，一路追逐、嬉笑着往家走。

【人情】

「人物」

刘金梦老人

刘金梦是妈妈单位里的一把手，药材公司经理兼党委书记。在我的记忆中，他是一位胖胖的老头，长得慈眉善目的，待人彬彬有礼，很和气。每次看到我，总喜欢把我抱在怀中，用他的胡子扎我的脸，我也总是感觉着脸上麻酥酥的，咯咯笑个不停。

妈妈所在的药材公司是一个很大的院落，里面有几间老屋充当库房，院落的深处还有一个小小的池塘，池塘周围种植着诸如枸杞之类的各种植物。春天和秋天自不必说了，夏天，这里树荫匝地，蝉声喧天，是我游戏和玩耍的好地方。我每天除了抱着一个木板凳，到处"开汽车"之外，就是时时流连在这个"原始森林"里，粘知了，捉蜻蜓，做一些无边无际的"白日梦"。对于我来说，这个"原始森林"既是一个好玩的天地，又是一个幻想的世界，而童年在我的眼里，也不过就是这样一些悠悠如小年的日子而已。

但是，似乎在一夜之间，一切都变了模样。首先是妈妈上班下班的时间不像以前那样规律了，她的工作也不再像往常那样，坐在公司的库房中批发各种药品或者医疗器械，反而变成了不分白天与黑夜的、无休无止的学习和开会。有些时候，妈妈还要和药材公司的叔叔、阿姨们一起，排成长队，举着标语，上街游行。我的生活当然也发生了很大的变化，本来我每天跟着妈妈上下班，是并不需要专门请人照看的。但是，这样一来就不行了，妈妈把我一个人丢在大院里，自然很不放心，只好常常带着我一起参加他们的活动。我当时还无法知道，自己竟然也这样懵懵懂懂地投身到那场火热的"文化大革命"当中去了。

那个年代原本是没有什么娱乐生活的，现在我依然能够回想起来的、可以称得上"娱乐"的生活，居然就是在妈妈单位里斗争"走资派"的那些日子。记得那年夏天，在妈妈上班的库房前，接连几个晚上，我都在那些平时看起来那么和蔼可亲的叔叔和阿姨们的撺掇下，用力按住药材公司最大的"走资派"——刘金梦老人花白的头颅，高呼"打倒"。因为我的个子太矮，老人只好吃力地躬下身子，任我摆布。而那些大人们则跟着我的口号，振臂高呼。我不知道那情景究竟是可怖，还是滑稽，不过，至少有一点我可以肯定，因为我的参与，斗争"走资派"的批判会自始至终充满了一种搞笑的气氛。对于童年的我，这或许只是一次难得的、好玩的游戏；对于妈妈单位里的大人们，却也因此带有了一些游戏的心态，而弥漫在批判会之间的那种真刀真枪的浓重的火药味，竟然也就这样被悄悄地化解于无形了。

批判会过去不久，有一次，在大院的领袖塑像前，我远远看到了正在打扫卫生的刘金梦老人。他的变化并不太大，看见我还是慈祥地笑着，但我却装作没有看到，赶紧把脸转向了另一边。"走资派"可是坏人呀，我怎么能与坏人笑脸相向呢？又过了一段时间，妈妈单位里更加忙碌，她也实在没有精力再带我了，只好把我托付给县城北关的一对老人照看。从此之后，我再也没有见到过刘金梦老人。

小城"孔乙己"

小城"孔乙己"姓贾名章，是小城文化圈里尽人皆知的名人。贾章之所以拥有这般的名声，很大程度上并不是因为他在文学创作上取得了多么丰硕的成果，而是因为他"行为偏僻性乖张"。

据说，贾章的父亲在民国时期曾经做过县长的秘书，新中国成立后"自绝于人民"，而曾经的贾大少爷也自此沦落风尘，以地主的身份回到农村老家。但是，接受过良好教育的贾章自然不甘心头顶青天、背靠黄土的生活，他开始试着写诗，试着投稿，试着与这个疏离他的社会握手言和。贾章最为风光的年代是为"大跃进"时期，时年十八岁的贾章在省文联创办的刊物《前哨文艺》上发表了六首歌谣，其中一首不仅被《红旗》杂志头版转载，且受到当时的文坛宗主郭沫若的高度赞扬，其后这首歌谣又被编入高中语文补充教材，被某纪录片选作主题歌的歌词，乃至收入了周扬主编的《红旗歌谣》。贾章以一首歌谣一鸣惊人，可谓少年得志，就此开启了一个"农民诗人"最为辉煌的时代。

身为农民诗人，贾章不了解政治为何物，当然也不会拿自己的前途开玩笑，他只是凭着本能抒写一些"歌德"派的文章，并期待能够凭借自己的才华出人头地，改变先天不足的命运而已。然而，让贾章万万没有想到是，同样是"歌德"派的歌谣，《刘少奇之歌》的发表非但没有让他时来运转，反而让他在"文革"期间吃尽了苦头——不仅没有出人头地，甚至还阴错阳差地成为"保皇派"，并因此被关进了监狱。踌躇满志的大诗人成为落汤的凤凰，虽然后来获得了平反，但精神上却深受打击，而好运气也一去不返，心高气傲的农民诗人从此成为世人眼中的"孔乙己"，若郭老泉下有知，又不知作何感想？

获得平反之后，贾章已然年过不惑。彼时的贾章常常游走于小城里的一些文学爱好者之家，他头戴礼帽，身穿长衫，一身行头大多是文友相赠，虽然不怎么干净，却还有点旧时文人的模样。你听他谈论起文学与诗歌，大有傲视群伦、目空一切的气势，谈文论诗之余，他每每声称自己的传世大作很快问世，而他本人则刚刚觐见了北京的某个大人物，大人物对他的处境非常关心，对小城政府不重视人才很是恼火，言辞之间，颇有一些即将咸鱼翻身的自得。在与文友高谈阔论一番之后，贾章也不免总是那句话："先借我十元钱，等我有了就还你。"

不过，贾章虽然靠吃百家饭为生，但他可以坦然吃请，你却不能表现出施舍的样子，因为诗人决不食嗟来之食。而且贾章一向对自己的住处讳莫如深，如果有人问起，他会随口回答一个高档的宾馆，却常常有人在城边的简陋小店遇见他，大家心照不宣，只是装作彼此并未看见。曾经有人怜惜贾章单身的生活，给他介绍了一个对象，谁知贾章一听是离婚的女人，竟然手指说媒者的鼻子怒道："吾乃堂堂诗人，受过郭老赞扬，你竟让我娶个寡妇,居心何在?"自此也就绝了别人再给他介绍对象的念想。

时至今日,贾章依然单身,也依然过着到处流浪、四海为家的生活,但在他心中,他依旧还是那个少年得志的诗人,有着诗人的才华,有着诗人的优越。贾章一直生活在自己的幻觉里:他幻想自己写出了传世名作,终于扬眉吐气;他幻想自己受人尊敬,所有的大人物均对他青睐有加;他幻想自己功成名就,成为所有美貌女人的梦中情人……

在小城,无论寒暑,每每到了黄昏时分,你仍旧可以看到日渐苍老的贾章,像哲人一般伫立在人流不息的街头。他面色凝重,口中念念有词,似乎沉浸在无边无际的幻想中,犹如一道令人感伤的风景。

八魔道

八魔道是一个魔道——小城俗语,举凡智障、神经病、精神病患者,以及诸如此类的精神不健全人士,统称为魔道,甚至说话颠三倒四、做事不靠谱的人,似乎也都可以划归到魔道的范畴里。八魔道当然是一个真正的魔道,却并非天生就是魔道。据说八魔道原本姓马,有着不错的家庭背景,他本人是新中国成立初期的大学生,懂俄语,长得也算眉清目秀,一表人才,最后沦落到魔道的境地,每每说起,总能让街坊邻居嗟叹不已。

我小时候经常见到八魔道，一来是因为我家与八魔道的住处本来就相隔不远，二来是因为当时我奶奶是街道小组的组长，八魔道经常来我家找奶奶解决他的家庭问题。八魔道每次出现在街头，总是腰间扎着一根麻绳，手里抱着一个破旧的包袱卷——应该是他平生最重要的家当，虽然蓬头垢面的样子，但依然可以看出眉目间的清秀。而八魔道的身后也照例会跟着一群看热闹的孩子，他们或者起哄，或者拿些零砖碎瓦砸向八魔道，面对孩子们的挑衅，八魔道也总是这么一句话："再跟着我，我就找你家大人去！"一脸严肃的样子，且时时做张手欲打状。只是，一些胆大的孩子照跟不误，一些胆小的孩子也就逐渐散去。

八魔道来到我家，奶奶给他板凳，不坐，而是蹲在门边，双手举起他的包袱卷，口中千篇一律地说着这么几句话："三大娘，你看看我嫂子又咬我的包袱了，这日子过不下去了，你快给想想办法吧。"有时甚至还会呜呜大哭。奶奶只能一边好言劝慰，一边拿给他一些食物，慢慢平复他的情绪，将他打发走。八魔道走后，奶奶常常会讲一些有关八魔道的传闻，然后惋惜地说道："多好的一个人，可惜一生都毁了！"关于八魔道魔道的原因，坊间流传的版本甚多，具体哪些是真，哪些是假，没有人能够说得清楚。其中流传最广的一个版本是，八魔道在"大鸣大放"期间犯了错误，被打成右派，开除公职，至此开始变得有点神志不清。"文革"肇始，八魔道屡次上访，也屡次受挫，最后被当成对社会心怀怨恨的异己分子反复批斗，妻子和孩子也离开了他，八魔道才从此陷入了谵妄状态，成为魔道。

事实上，那个年代魔道似乎特别多，八魔道之外，小城里还有所谓的"四大魔道",足以与东邪西毒南帝北丐相提并论。我曾在小城里最为繁华的大众电影院前,亲眼目睹"四大魔道"中的两个打成一团,另有一个拉扯劝架的场面,堪称魔道间的"华山论剑"。而这些魔道也无一例外,大抵都是生活中遭受了什么刺激,思想上一时转不开弯,瘀在那里,再得不到良好的护理和治疗,才最终变成魔道。虽说每个魔道的背后总有一个令人伤心的故事,但这些魔道的命运与结局却各不相同。在"四大魔道"中,有一个因为醉酒,失足落入水塘中被淹死;有一个四处云游,不知所终;还有一个死于车祸,其家人则获得了一笔可观的补偿。

当然,魔道并非意味着完全丧失了谋生的本领,比如"四大魔道"中的一个,即常年混迹于流动人员最多的汽车站,以表演用鼻子抽烟的技巧博众人一笑,顺便弄几个零花钱。而八魔道则以"吃闯席"作为自己的谋生之道——"吃闯席"者,即是事先打听好哪里有红白喜忧事,在事主举行仪式的当口去鸣放鞭炮,依照乡俗,事主也照例会拿出一瓶酒、两盒烟作为答谢礼。虽然是混穷,但对于八魔道来说,也算是一种自食其力的表现吧。

按照世俗的观点,魔道无疑都是世间的可怜人,都有着卑微的、可怜的人生。但是,反过来说,或许正是成了魔道的他们,才真正摆脱了凡俗的忧喜,才真正进入了无忧无虑的境界,成为真正快乐的人。谁知道呢?

二痞子

在小城，知道二痞子的人不少，知道段卫国的不多。他们其实是一个人，二痞子是段卫国的绰号，段卫国是二痞子的本名，如是而已。

段卫国，行二，绰号二痞子，包含有街痞、无赖的意思。在小城，二痞子也果然以街痞无赖远近闻名，彼时他的年纪虽然不大，但道行却不算浅，是西关街颇有名气的小混混。我和二痞子是同班同学，说实话，摊上这么个同学，一个班里常常被他搅得鸡飞狗跳，自然不在话下，而班里的"学风不正"，也的确是一个无法否认的事实。那时学习好的同学会受排挤，"坏孩子"却各有自己的派系，二痞子即是我们班里"坏孩子"的带头大哥。至少在表面上，一般男生出于明哲保身的考虑，大都会臣服二痞子的领导，因为老师们又能管得了哪一会儿呀，既然老师鞭长莫及，倒是跟着"坏孩子"混，才能不受欺负，才更安全——对于多数男生而言，这实在是一个现实而又颇有些无奈的选择。不过，因为年龄关系，学生时期的二痞子虽然劣迹斑斑，却也只是小邪小恶，似乎还没有达到触犯刑律的地步。

比如，有一段时间，班里流行男生与女生之间吵架与干仗，其实也是青春期萌动的一种表现，虽然是吵架与干仗，但也是异性间的一种另类接触，毕竟比男女生之间不说话强多了。而二痞子的绝招是尿女生的位洞，彼时的课桌非常简陋，位洞大都是用硬纸板搭成，让二痞子这么一尿，里面的书本就会与硬纸板粘作一团，让位洞的主人欲哭无泪。更多的时候，二痞子会唆使一些男生去烈士陵园打坷垃仗，谁不去就是大家的公敌，自然没有人愿意做大家的公敌，大家只能随大溜，跟着二痞子去疯玩，全然忘记还有上课这回事。当然，二痞子也曾多次处于被学校开除的边缘，我就不止一次看到，二痞子的父亲来到学校，在班主任面前信誓旦旦地保证，二痞子以后会规规矩矩。但二痞子最终还是没能逃脱被开除的命运，因为到了初二下半学期，我就再没有看到二痞子来上学了。

当然，二痞子平生也不是没有为主流社会所认可的时候，应该是他在小城交通局上班后不久，单位领导先是为如何安排这个"刺头"大伤脑筋，最后灵机一动，决定发挥二痞子的专长，让他带领局里的纠察队去收费。还别说，收费居然大见成效，不仅当下该收的收了，连带许多累积了多年的欠款都被收缴上来，一般单位和个人震慑于二痞子的"威名"，权当交了保护费。单位领导大喜，不仅给二痞子本人配了车，甚至还给他的手下每人配了一辆摩托。这下二痞子风光了，每天前呼后拥地招摇过市，那种大呼小叫、耀武扬威的阵势甚是可观。县里的老干部们终于坐不住了，他们纷纷去政府告状，说是日本人又进城了，而二痞子的收费闹剧，就此不得不草草收场。

关于二痞子的为人处世，江湖上传得很是邪乎，但他经常犯事，是监狱常客，却也是众所周知的事实。不过，眼下的二痞子住别墅、开宝马,俨然已是小城里的成功人士。据说,是旧城开发开发了二痞子——外地开发商来小城开发房地产,各个楼盘的水路电路、工地进料等诸般事宜,都由二痞子说了算。二痞子虽然不是开发商,但开发商少了二痞子却寸步难行。眼看着二痞子走运、发财,既有人羡慕,也有人感叹,但是,这些都不妨碍二痞子继续混得如鱼得水、诸事顺遂。真是人比人……没意思。

第一个小女生

在我的记忆里,肖清永远是那样一幅鲜艳的图画:圆圆的脸蛋,粉色的双颊,镶嵌着一对浅浅的笑靥;长长的睫毛下,有一双会说话的眼睛。她走路的动作非常好看,一条乌黑、油亮的发辫很有节奏地左右摆动。我甚至还能记起,她走动时背在身后的那个青色的、带有浅红浅绿条条的书包一颠一颠的样子。

那时,我和肖清同路去学校,都要经过一段弯曲的小路。小路旁边是一个方方正正的稻场,稻场边则有一棵榕花树,花开时节,稻场周围飘荡着榕花的清香。我和肖清总是在那个稻场里相互等待着结伴去上学,有时,离上课的时间尚早,我们便会在稻场里玩"捉迷藏",玩"过家家";有时,我们也会像大人一样,坐在松软的稻草堆上,讨论一些相当"严肃"的问题，比如，水牛为什么爱待在水里，南飞的大雁究竟飞到了什么地方，诸如此类。在我以后的记忆里，童年的梦想其实一直是与那条弯曲的小路分不开的，它是我童年美好生活的一个最明显的象征。

我和肖清同是学校"文艺宣传队"的骨干，课余时间，经常会去街头演唱"革命现代京剧"。我们常常联袂演出，我在《红灯记》中扮演李玉和，肖清串演李奶奶和小铁梅。我唱京剧底气不足，显得有点声嘶力竭，却也因此获得了不少掌声。肖清的演出则胜在扮相上，特别是她扮演小铁梅时一脸正气的俊俏模样，常常让人过目难忘。老师布置的作业，很多时候都是我和肖清一起完成的，若在我家赶上吃饭，她也并不客气。我们常常在饭桌上相视而笑，父母看我们笑，他们也笑；妈妈对爸爸小声说了句什么，更是让爸爸哈哈大笑起来。

不知从什么时候开始，我们班里的男女生进入了"冷战"阶段，除非万不得已，男女生之间基本上处于陌路状态。为什么会这样？我们都说不明白，虽然并不情愿，却也不能不随大溜。因为我和肖清的关系比较亲近，所以，班里有一个名叫卫东的男生，就无端地调笑我们是一对"小两口"。他甚至还胡乱编造一些所谓的"事实"，逼我承认。我自然是不愿承认的，为了证明自己的"清白"，我不仅坚决地与肖清划清了界限，还故意在同学面前辱骂肖清。我在内心对自己说：我不愿这样！可我似乎又没有别的选择。

从此之后，我和肖清再也不能结伴上学了。正当我平生第一次感受着失落与无奈的滋味的时候，一件令我意想不到的事情发生了。那时，我们的课外读物非常稀缺，一本《三打白骨精》的小人书，竟然也成了紧俏商品。而我却既没有买到，也没有借到，直弄得寝食无味，坐卧不安。有一天放学回家，我打开书包准备写作业时，忽然从书包里抖落一本小人书，拾起一看，正是《三打白骨精》，我欣喜若狂，看过小人书，才发现书角上端端正正地写着"肖清"二字……

在即将升入初中的那一年，我跟随父母离开了那座滨湖的小城，于是，我的童年和肖清一起，渐渐地离我远去了。然而，童年的经历已然遥不可及，而对童年的感受却变得愈加美好起来。正像老李敖在他的回忆录中所写的那样："我一生的许多经历，都不想重过。但是如果时光倒流，少年可再，我梦魂所依，除此而外，却无复他求——只为了她是我第一个小女生，只为了她是我永恒的小情人……"

登台演出

我曾经有过两次个人登台演出的经历，都是在小学期间，第一次演唱了革命现代京剧《红灯记》中李玉和的选段《谢谢妈》，第二次是在县里举办的纪念周恩来总理逝世一周年的文艺晚会上，我朗诵了一首诗人柯岩的诗歌《周总理，你在哪里》。

小学五年，我一直是学校文艺宣传队的骨干队员。这是一件颇令同学们羡慕的事情，文艺宣传队的成员基本上都是一些多才多艺的学生，既深受老师的宠爱，似乎也享有一些自由行动的特权，至少，能够经常去街头演出，就总比老是待在教室里学习要强上许多。我的音乐老师是一位皮肤白白的大眼睛女生，长得很好看，身上还总是飘着一股好闻的淡淡香味。音乐老师常常单独辅导我表演节目，用手风琴或者脚踏风琴为我伴奏，教我学唱一些当时正在流行的儿童歌曲。说实话，虽然说不清为什么，但我真的很喜欢站在音乐老师身边，听她唱歌，听她弹琴，听她为我讲解一些简单的乐理知识。我甚至也喜欢看她弹琴时左右摇动的乌黑发髻，喜欢闻她身上不时传来的淡淡香味。曾经有一次，音乐老师正在教我唱一首新歌，却突然扭过头来盯着我问："老师身上好闻吗？"我大窘，只得老老实实地回答她："真好闻。"

去街头演出基本上都是由音乐老师亲自带队。我们在县城里的繁华地带找一片空地，然后一字排开，轮流演出事先排好了的节目，像独唱、合唱、舞蹈、朗诵等等，基本上都有。其中最觉好玩的节目是"快板书"和"三句半"——尤其是后者，四个人演出，手里各持鼓、小锣、镲、大锣等击打乐器粉墨登场，前三人轮番朗读一句韵文，出彩的却是第四人，他的台词虽然只有简短的两个字，却类似相声中"抖包袱"的效果，既出人意料，又诙谐幽默，常常引得观众哄堂大笑。我的保留节目是演唱革命现代京剧，诸如《红灯记》《沙家浜》和《智取威虎山》中的一些选段，虽然连唱带演的倒也像模像样，但高音却往往唱不上去，最后总会呈声嘶力竭状，却因此博得了不少掌声，也算是"失之东隅，收之桑榆"吧。

父母对我在学校文艺宣传队的表现非常满意，很有点引以为荣的意思。妈妈还为我准备了不少胖大海，每次演出唱哑了嗓子，她总会在胖大海中掺了白糖，泡水给我喝。我第一次登台演出时，才刚刚进入二年级。那天晚上，父母早早坐在了电影院里。我在舞台上偷偷拉开布幔，看见舞台下面黑压压的观众，感觉有点怯场，直到在人群中看到爸爸和妈妈端坐在那里，才稍稍安心了一些。因为演出前我已经和音乐老师排练了多次，再加上音乐老师为我选择的这首《谢谢妈》，音调不算太高，还在我能够掌控的范围之内，所以，我的第一次登台演出虽然说不上大获成功，但也基本上达到了老师们预期的效果。

更有意思的，还是在我登台演出之后，每每走在街上，我经常能够听到一些大人们指着我窃窃私语："这是谁家的孩子呀，唱得真不错！"而我每次听到这样的夸奖，也总会不自觉地产生出一种飘飘然的感觉。

"三八线"

这里所说的"三八线"，自然不是划分朝鲜和韩国的那条军事分界线，而是上学时男女生之间为了彼此划清界限，而在课桌中间故意划分的一道隔离线。

我上小学那会儿，男女生之间是不说话的，除非是一些不能不进行的交涉，比如学习委员催促男女同学交作业之类，大家也总是拿出一副"公事公办"的面孔，尽量不在同学之间落下什么话柄。既然不说话，就多少要有一点表示，比如，我在课桌上划分"三八线"，自然是与女生不相往来、互不侵犯的意思，但这并不是唯一的目的，它同时也是为了向更多的男同学表明，自己坚决与女同学划清界限的决心。

不过，划线仅仅只能对付同位，对前面的女生就不起任何作用了。这个也有办法，调皮的男生常常会将粉笔末涂抹在课桌前面，女生稍不留意，就会蹭在后背上，而且很难拍打干净。有时，他们还会故意将自己的课桌往前挪动，让前面的位子形成一个十分逼仄的空间，迫使女生倚靠，然后，再出其不意地将课桌往后一拉，女生骤然失去重心，整个人向后倾仰。他们的阴谋一旦得逞，就会得意得哈哈大笑。

但是，有时虽然划分了"三八线"，表明了自己坚决与女生划清界限的决心，在内心深处却常常还是不太情愿的。从生理方面，小学男生大都混沌未开固然是事实，从心理方面，他们又往往抑制不住对女生有莫名的好感。就拿我本人来说吧，与女生划清界限的意志，原本就不够坚定，划线也基本上是做给别的男生看的。特别是与肖清同位的那些日子，本来是我期盼已久的事情，却因为有了一道"三八线"，人为地拉开了我和肖清之间的距离，那让我确实非常难受。

我们班曾经有过一个矮矮胖胖的、名字叫卫东的男生，经常调笑我和肖清是一对"小两口"，有时甚至还会编造出一套在某时某地遇见我和肖清在一起的谎话，故意在同学们面前逼我们承认。我自然是无法忍受这种"诬陷"的，在同卫东打了一架之后，为了证明自己的清白和无辜，我故意拿出一副彻底决裂的姿态，在男同学面前辱骂肖清。我当时第一次体验到一种无助亦复无奈的心情，我不愿意这样做，却又根本无法阻止自己。当时的肖清又是一种怎样的心情呢？我无从得知。只是在我面前，我们课桌上的那一道"三八线"，从此显得如此鲜明，如此刺眼。

我突然觉得童年已逝，自己已经开始步入成人的世界了。

前段时间，我偶然遇到一位小学同学。大家一见面，感慨时光流逝之余，无意间说起来在课桌上划分"三八线"的旧事。他用调侃的语气告诉我，他现在后悔了，如果时光倒流，他决不会再在课桌中间划什么"三八线"了，他希望能有更多的女生主动过线，侵犯自己。

冬子服

出生在20世纪60年代前后的那一代人，大概都会对一部名为《闪闪的红星》的电影记忆犹新。尤其是电影中的小主角潘冬子，长得天庭饱满，浓眉大眼，穿一身红军服，戴一顶配有红五星的八角帽，显得劲头十足，格外精神，是那个年代妈妈们最为理想的儿子形象。而潘冬子穿的那身好看的红军服，即被我们称作"冬子服"。

那一年的国庆节前夕，班主任召集全班同学开会，告诉大家为了迎接即将到来的国庆检阅活动，学校要组织一支"冬子方队"，要求全班所有的同学都要定做一身冬子服，同时还要配制一顶八角帽和一双白色的球鞋。按说这是一件令人高兴的事情，也的确有许多孩子表现得非常兴奋，一直沉浸在兴高采烈地议论中，而这些都是家庭条件相对较好的孩子。但是，那些家庭条件较差的孩子却无论如何也高兴不起来，对于他们来说，家里的生活本来就举步维艰，他们身上穿的尚且大都是补丁累累的旧衣服，再让父母为他们花钱定做冬子服，根本就是不可能实现的事情，而且他们也不知道怎样才能向父母开口。

果然，尽管班主任再三叮嘱，要全班同学尽量争取父母们的积极配合，但最终得到的统计结果，却依然还是让班主任颇感失望——全班近五十人，只有大约半数的同学当即表态可以参加，另外有些同学的态度模棱两可，还有几位同学则明确表示不能参加，因为他们的父母拿不出足够的钱来，为他们置办这身价格不菲的行头。

比较起来，我的家庭条件不算太好，也不算太差，在班级内的同学中间应该居于中游的水平。所以，当我对父母言及此事时，他们虽然面露难色，但还是非常爽快地答应下来。随后的一段时间，母亲开始四处张罗着为我裁布做冬子服——其中，上衣和八角帽都是新做的，裤子则是由父亲的一条灰色长裤改制而成，至于白色的球鞋，说出来真不好意思，只是拿了我的一双半新不旧的草绿色球鞋，先用水泡透，然后刷上一层厚厚的白粉，等鞋晾干了，居然也显得雪白异常。妈妈说，反正只是迎接一次检阅，这样凑合一下，就不必再买新鞋了。

与之同时，学校里也开始进入了紧锣密鼓的训练之中。训练是不需要统一着装的，班内所有的同学都可以参加，那些做不起冬子服的同学虽然也在十分卖力地练习着走正步，但心情却总是有些不太一样。他们好像做错了什么事情，似乎也只有更加努力地训练，才能够多少找到一些自尊，换回一点内心的平衡。但这终究是一种无望的训练，我那时年龄尚小，实在无法体会当时他们有着怎样的心情。

国庆节那天，我早早吃过饭，换上妈妈为我准备好的冬子服，高高兴兴地来到学校。到了学校也才知道，真正做了全套新冬子服的同学其实并没有几个，大多数同学都像我一样，或者是新上衣旧裤子，或者是新裤子旧上衣，新旧搭配成一套完整的冬子服。大家都为即将到来的国庆检阅兴奋不已，只有那几个家里做不起冬子服的同学，神色萧索地呆坐在教室一隅。

说不清是什么原因，那么多年过去了，"冬子方队"通过检阅台的细节，我差不多已经忘得一干二净，但我依然忘不了的，却是那些没有参加"冬子方队"的同学，看着我们时眼神流露出的羡慕与无奈。

列宁装

从小到大，穿过的衣服可谓数不胜数，但是最让我难忘的，却是儿时穿过的一件"列宁装"。

列宁装曾经与中山装齐名，是一种式样为西装开领的双排扣上衣，据说革命导师列宁常穿，故而得名，并因《列宁在十月》和《列宁在一九一八》两部电影的上映而广受欢迎，是为彼时著名的革命"时装"。我的列宁装其实并不是一件全新的上衣，而是妈妈用爸爸的一件蓝色的卡料的、半新不旧的中山装改造而成的。然而，就是这样一件经过改造过的列宁装，却让童年时代的我，经历了一次由喜而忧的过程。

那个年代，大多数孩子都是穿着"百衲衣"长大成人的。所谓"百衲衣"，原意是用方形小块布片拼缀制成的衣服，泛指打了许多补丁的衣服。乡俗所谓常生病遭灾的小孩，须吃千家饭，穿百衲衣，方能祛病化灾、长命百岁。但更加现实的原因，却是大多数孩子的父母根本买不起新衣服，只能让孩子穿补丁摞补丁的"百衲衣"，过"缝缝补补又三年"的日子。现在的孩子自然没有机会穿"百衲衣"了，但过去没有穿过"百衲衣"的孩子，却是寥寥无几。

在我的记忆中，十岁以前，我很少穿过新衣服，即便偶尔穿一次，也像穿上了别人的衣服——新做的衣服总是肥肥大大的大出许多，穿在身上有点晃荡，几乎没有一次是合体的。对此，妈妈的解释是："新衣服总要做大一些才好，因为做大了，就可以多穿几年嘛。"不过，这件列宁装虽然不是新衣服，却改造得非常合体，小翻领、双排扣的式样，也非常耐看。而穿上了列宁装的我，自然显得格外精神。

事实上，在我的童年时代，受中国与苏联交恶的影响，中山装已经一枝独秀，打有"苏修"烙印的列宁装，早已退出了国人的生活。然而，改造中山装的妈妈，以及第一次穿上列宁装的我，哪里懂得衣服背后隐藏着复杂的政治讯息呀，妈妈照做，我照穿，我们心中其实都不乏一丝自得的感受。

但是，令我始料未及的是，当我穿着列宁装，高高兴兴地走进学校时，我却并没有迎来自己期待的羡慕的目光。恰恰相反，对我的十分"扎眼"的列宁装，穿着朴素的同学们大都抱以一种看不惯的眼光，好像我身上无形中多了一种应该批判的东西，好像我已经成为他们中的另类，这让我一下子陷入了孤立的境地。而我的老对头卫东，甚至嬉皮笑脸地用一种讽刺的语气这样说我："嚯嚯，这是哪里来的洋孩子呀？"

一件改造的列宁装，竟然拉开了我和同学们之间的距离，既让我知道爱美实在是要不得的，同时也让我感到大为受伤。于是，一回到家中，我马上脱掉了那件好看的列宁装，无论妈妈怎么说、怎么劝，我都拿定主意，从此再也不穿它了。

拾金不昧

给妈妈要钱，有一个办法屡试不爽，那就是谎称"学校要收××费了"。但这个办法只可偶尔为之，却不能常用，万一露馅了，不仅要不成钱，可能还会招来皮肉之苦。所以，我一般只是在非常之时，才会采用这个非常的办法，比如，急于买一本自己喜欢的小人书……但有一次却是例外，我采用这个非常的办法为妈妈要钱，并不是为了满足自己突如其来的个人喜好，而是为了做"好人好事"。

那一段时间，学校正在提倡"学雷锋，做好事"，老师定下的任务，是每一位同学都要以雷锋为榜样，做一件"好人好事"。当年雷锋所做的"好人好事"，不外是严于律己，乐于助人，像拾金不昧，帮助孤寡老人买米买面、打扫卫生，雨夜送一位抱小孩的大嫂回家，诸如此类。雷锋做好事是从来不留名的，但我们不留名怎么成啊，老师不知道，也完不成学校交给的任务呀。当然，最主要的问题还不在这里，一个学校里的同学都在做"好人好事"，雨夜送大嫂回家有一定的技术难度，自然不在他们的考虑之列，而"五保户"的孤寡老人也为数不多，每天都有不少同学排队等着，为他们买米买面、打扫卫生，可这些孤寡老人也没有那么多的米面可买，没有那么多的卫生等着打扫呀。留给我的只有拾金不昧了——似乎也只有拾金不昧最具操作性，可以让我身体力行。

当时有一首广为人知的儿歌就是这样唱的："我在马路边捡到一分钱，把它交到警察叔叔手里面。叔叔拿着钱，对我把头点，我高兴地说了声：叔叔，再见！"可现实是，马路上哪有那么多钱等着我去捡啊。情急之下，我首先想到的就是向妈妈要钱。向妈妈要钱，当然不能实话实说，只有拿出非常的办法，谎称"学校要收××费了"。而交多少也是个问题，交少了，好像有愧于"拾金不昧"的称号；交多了，却又有点舍不得，毕竟那时的一分钱，即意味着一棒糖稀，或者两块硬糖，或者三个花米团,都是我平时爱吃的零食啊。那么,究竟交多少才算合适呢?权衡再三,我终于决定,给妈妈要一毛钱,但并不全交,交五分,留五分,既做了拾金不昧的好事,也不枉给妈妈要了一回钱——做出这样一个两全其美的决定,还真让我沾沾自喜了好多日子。

在我的同学们中间,像我一样的"拾金不昧"者,一定是不乏其人吧,因为几乎每天都有同学捡到了钱,并把钱交给了老师;而学校的大喇叭里,也几乎每天都能够听到对"拾金不昧"同学的表扬。那么,真的有那么多同学捡到钱了吗?真的有那么多钱可以让同学们捡到吗?同学之间固然心照不宣,老师却也并不挑明。只是随着"学雷锋,做好事"的活动渐告结束,"拾金不昧"的好人好事居然也跟着销声匿迹了。

白日梦

我曾经是一个爱做白日梦的孩子,那是我儿时的秘密游戏。

那时,我跟随父母生活在一个滨湖的小城,全家住在妈妈单位分的房子里。小城的城镇人口不多,农村户口却不少,但机关和农村泾渭分明,相互之间很少打交道。小城太小,没有一家幼儿园,妈妈只能一边上班,一边充当保姆,我的身边没有同龄的小朋友,因为在妈妈偌大的单位里,只有我一个孩子。于是,妈妈工作时,我只能一个人玩,或者找一个无人的地方发呆，围绕着自己，编织一些千篇一律的白日梦。

妈妈的单位有两个院子，一个在马路东边，称作"东院"；一个在马路西边，称作"西院"。东院是机关办公的地方，西院则是营业部和库房。在我眼中，东院基本上无甚可观，不过是几间枯燥无味的办公室而已。但西院就不同了，那无疑是一个迷人的所在，大大的院子里除了几间老屋之外，还有一片茂密的小树林和绿地，尤其难得的是，在院子的西南角，居然还有一个方方正正的池塘。在植物繁茂的季节，对于我而言，西院就好像是一个原始森林，一个童话般美丽的世界。那里种着各种不知名的植物，盛开着各种不知名的花朵；蜜蜂嗡嘤作歌，蜻蜓上下飞舞；草丛中更有着许许多多我叫不上名字的昆虫……我常常流连其中，幻想着自己是爸爸所讲过的某个童话故事中的角色，而那些蜜蜂、蜻蜓和叫不上名字的昆虫，甚至包括那些植物和花朵，都是我的这个童话共和国中的公民。

虽然妈妈再三叮嘱我，不要单独去西院的池塘边玩耍，但我还是抵挡不住那个神秘之境的诱惑，常常悄悄地溜到那里去玩。是的，那真是一个幽僻、安静的好地方，就好像神话传说中的那些可以找到宝物的所在。池塘里有青蛙和蝌蚪，能够清晰地看到一尾尾小鱼在游动；池塘边有茂密的草丛和一丛丛的芦苇，还有一条小径，窄窄、长长地通往幽深之处。有一年，妈妈同事王阿姨的侄女来小城小住，我们正是在这个私密的所在，玩我们喜欢的各种游戏。我们摘花朵，捉昆虫，过"家家"——我当爸爸，她当妈妈，各种各样的小昆虫是我们的孩子，草丛深处就是我们的家。所谓蓝天为媒，池塘做证，我们在那个私密的所在

"私订终身"——那或者是作为孩子的我们，正在慢慢开启一种新的人生，正式开始模仿成人生活了吧。

每每到了冬天的夜晚，我也经常跟着妈妈去她的办公室"开会"。虽然名曰"开会"，内容大抵就是读报纸，讲形势，表决心，不过是那个时代每个单位都要进行的"例行公事"。而我就像办公室里的那些昏昏欲睡的叔叔阿姨们一样，虽然对"开会"毫无兴趣，却依然喜欢待在那个炉火通红、暖意融融的室内，因为在那里，我同样可以编织自己的白日梦。

看电影

记忆中我所看过的第一部电影，是一部名为《看不见的战线》的朝鲜电影。之所以会记得这部电影，一方面因为它是一部所谓的"反特片"，里面有男特务和女特务，与我方机智勇敢的侦探员相互斗法，彼此周旋，营造了那个时代电影极为难得的神秘氛围。另一方面，对我来说也是更为重要的一个方面，是因为看电影的那天突降大雨，电闪雷鸣，露天电影院里瞬间变成了一片泽国。一时间大家手足无措，只好四处奔跑，等到爸爸抱着我、拉着妈妈和姐姐，携家带口、慌不择路地逃回家中，一家人全被淋成"落汤鸡"了。于是，刺眼的闪电，轰鸣的雷声，人们的奔跑和尖叫，夹杂着一些零零碎碎、不成片段的电影画面，就给我留下了一段永远难忘的电影记忆。

在那个精神生活一片贫乏的年代，看电影，无疑是小城居民集体参与的一次最为重要的公共文化活动，或者也可以说是一次特殊的盛大集会。每逢新片上映，大家都像在迎接一个隆重的仪式，不仅常常是全家出动，甚至连全城的闲散人员，也都会无一例外地集中在那个小城唯一的露天电影院里。虽然那时候能够看到的电影实在是寥寥无几，而且电影的内容也十分单调、无趣——除了八个样板戏一直在反复放映之外，剩下的也就基本上没有什么可看的了。但这却丝毫不会影响大家看电影的兴致，他们还是每片必看，乐此不疲。

父母那代人虽然没有明显的明星崇拜情结，但他们对王心刚、王晓棠等人的表演大都赞不绝口。而我则对电影的划分非常简单：打仗的，不是打仗的。前者自然是我喜欢的类型，像当时风行的罗马尼亚、阿尔巴尼亚和越南电影，虽然电影的内容我的确似懂非懂，但电影中的那些火爆的场面，却总能让我看得手舞足蹈、兴奋不已；后者看起来当然并无多少趣味，我更留恋的，其实只是露天电影院里的热闹气氛。

说实话，那时候能够看一场自己真正喜欢的电影的机会本来不多，然而，更让我不耐烦的是，在每场电影的正片前面，照例都会播放两至三部"新闻简报"。这些"新闻简报"的性质类似于今天的"新闻联播"，虽然名曰"新闻"，但到了信息相对滞后的小城，却早已变成了"旧闻"。当时民间曾经流行着这样一句顺口溜："中国电影新闻简报，越南电影飞机大炮，朝鲜电影又哭又笑，阿尔巴尼亚电影搂搂抱抱。"把中国电影归纳为"新闻简报",自然算不上是什么好话,但对当时流行电影的特点,却总结得既简洁又形象。

年龄渐长,看过的电影逐渐增多,我比较喜欢的电影也不外这样几部:《侦察兵》《渡江侦察记》《闪闪的红星》《难忘的战斗》……其中前三部自不必说了,都是"打仗的"电影,也都有一个光明的结局,唯有《难忘的战斗》别开生面,另辟蹊径,在结尾处让一个阴险的账房先生偷偷潜伏下来,意味着故事已经结束,斗争还在继续。而且那句"天知地知,你知我知"的经典台词,一时间也成为我们最常说的口头禅。

一直到20世纪80年代,电影依然在小城的日常生活中占据着重要的位置,大家消遣看电影,相亲看电影,谈恋爱看电影……电影在我们的生活中几乎无处不在。犹记得新盖的电影院门头上时时耸立着一排宽大的木板,上面除了花哨的电影海报,还有一块是当月的电影预告,每每看到其中有自己喜欢的电影,我就会早早陷入焦急的等待中。

看电视

我家买的第一台电视机是一个十二英寸的黑白电视机,已经忘记是什么牌子了,只记得形状四四方方的,像一个颇笨重的黑匣子。在今天看来，这样一台电视机应该算是一个文物级别的东西了，但在当时却无疑是一件稀罕物件，它的出现，甚至还在我家周围的邻居中间引起了不小的轰动效应。

自从买了这台电视机，我家一下子就变得门庭若市，热闹异常起来。每天傍晚，不仅附近的邻居都会自带了板凳闻风而至，就连距离我家很远的一些素不相识的人，也会寻找各种各样的借口按时过来看电视。虽然那时候电视只有一个频道，节目也非常单调，而且还常常出现许许多多的雪花点——有时看着看着，屏幕上居然就只剩下这些雪花点了。但这丝毫也不会影响大家看电视的兴致，他们依然风雨无阻，乐此不疲。

特别是在播放电视剧《武松》期间，我家的堂屋前厅更是拥挤得水泄不通，出不去，进不来，甚至连院子里也没有一个能够插脚的地方。虽然时逢春夏之交，但屋子里却显得非常闷热，大家一边看电视，一边扇着扇子驱赶蚊子，看到兴奋处，忍不住还要拍手叫几声好。直到电视屏幕上出现了"再见"二字，大家才意犹未尽地陆续散去。这样的局面当然并没有持续多久，父母每天都要接待这些不请自来的邻居们，很快就有点不胜其扰，且穷于应付，同时又眼看着我和姐姐、妹妹们每天都沉溺在电视中，再也无心学习功课，于是，他们毅然决定，将这台"惹祸"的黑白电视机尽快处理掉。没有了电视机的吸引，我家的热闹场面不复再现，慢慢就恢复了过去的宁静。

后来有过一段时间，我偶尔会跟随父母到教育局去看电视。教育局在县政府院内，两通间的会议室里人少，有座椅，还有电风扇，看起来很是舒服。我曾经在那里看过印度电影《流浪者》和日本电影《追捕》。看《追捕》的那天晚上，观众却是出乎意料地多，很多人没有找到座位，只好在一边站着看。那天县城里好像到处流传着电视上要演"大片"的风声，大家都在四处打听、寻找有电视机的地方，所以，尽管县政府院门前高挂着"闲人免进"的大牌子，但显然还是有许多"闲人"通过各种渠道偷偷溜了进来。

大概又过了一年多吧，小城的工人文化宫新买了一台大屏幕的彩色电视机——所谓"大屏幕"，好像也就是十八英寸左右的样子，但在那时的小城中，这个尺寸的彩电却是仅此一台而已。工人文化宫每天晚上都会在固定的时间播放电视，电视机面对着一片空旷的操场，能够容纳很多人同时观看，而这里也成为小城里的那些"电视迷"们的消遣之处。

我上学的地方本来离工人文化宫不远，晚上上自习，只要老师不在教室，大家便会偷偷地跑去看一会儿电视。记得有段时间播放《加里森敢死队》，老师在的时候，大家不免左顾右盼、心猿意马，等到老师出去，大家马上一溜烟地跑去了工人文化宫。当然，偷跑出去看电视也并不总是那么幸运。有一次，我才刚刚找到一个合适的位置，就被匆匆赶来的班主任抓了个现行。电视没看成，还被叫了家长，说实话，直到后来听说《加里森敢死队》不让在电视台公开播放了，我的内心才多少找回了一些平衡。

听广播

我很羡慕现在的孩子,因为他们从很小的时候,就各自拥有自己喜欢的影星、歌星或球星,并堂而皇之地迈入资深"粉丝"的行列了。而我,一直到上学的年龄,还从来没有尝到过崇拜明星的滋味。直到有一天,我开始在收音机中收听中央人民广播电台播出的"长篇小说连播"和"长篇评书连播",直到有一天,我先后知道了曹灿和刘兰芳的名字,我才终于品尝到做一个幸福的"粉丝",究竟是一种怎样的滋味。

我所说的"长篇小说连播"和"长篇评书连播",与民间传统说书的形式大异其趣,而主播者也不会像古代的民间艺人那样,或仆仆奔走于乡间的集市之中,或盘桓在大都市的"华堂旅会"之内,就像张宗子对柳敬亭所描述的那样"哱夬声如巨钟,说至筋节处,叱咤叫喊,汹汹崩屋"。在那个文化生活非常单调的年代,"长篇小说连播"和"长篇评书连播"其实是广播电台为满足大众需求所推出的一档娱乐节目。这档娱乐节目以当时最为常见的收音机为载体,吸收了民间说书的部分技巧,把朗诵和评书结合起来,播出一些为时人所喜闻乐见的长篇小说和长篇评书——前者如《金光大道》《山呼海啸》与《李自成》;后者出现得则稍晚了一些,被称作"封资修"的"帝王将相"已纷纷出笼,诸如传统评书《三国演义》《隋唐演义》和《岳飞传》等等，不一而足。

我是从收听曲波的《山呼海啸》和黎汝清的《万山红遍》开始，才真正迷上"长篇小说连播"的。记得那年冬天，每天傍晚放学回家，我首先要做的一件事，就是趴在家中唯一的家用电器——收音机前收听《山呼海啸》。窗外北风呼啸，窗内一灯如豆，彼时情景，正是令我回味无穷的童年佳境。那是一台镶嵌着红火炬的、长方形盒子状的晶体管收音机，不仅收听时老受干扰，而且还常常串台，听着《山呼海啸》，不知怎么就会变成陕北民歌，有时听着听着就没有声音了，音量旋钮也不起任何作用。情急之下，我只好用力拍打，收音机居然这样被我屡屡驯服了。于是，在以后的生活中，我常用此法去对付各种刁顽的"家电"，亦不乏奏效之时，想想自觉一乐。也正是从那个时候，我知道了曹灿这个名字，在那台老式收音机的陪伴下，我先后收听了由他播讲的《山呼海啸》《万山红遍》和《李自成》。特别是姚雪垠的《李自成》，曹先生绘声绘色的嗓音与小说跌宕起伏的故事相互交融，那短短的半个小时，既常常让我感到意犹未尽、欲罢不能，与之同时，更让我在对小说情节的痴迷揣想中，期盼着第二天尽快到来。

收听刘兰芳播讲的"长篇评书连播"时，我已经升入初中了。因为节目播出的时间与学校放学的时间刚好重合，我根本无法回到家中从容收听。好在那时县城的每个十字路口都安装着一个用于政治宣传的大喇叭，于是，每次放学，我干脆伫立街头，听完了刘兰芳的评书再回家。当然，也正是在那个高高的电线杆下，我与那些同样喜欢收听刘兰芳评书的老人、青年和孩子们一起，先是断断续续地听完了《岳飞传》，后来又断断续续地听完了《杨家将》。

听故事

像所有的孩子一样,在我小的时候,最喜欢听大人讲故事。

开始是听奶奶讲故事,故事的内容千篇一律,除了奶奶的保留节目"东山磨磨牙,西山磨磨牙,回来吃你姊妹俩"的两只老虎的故事,就是"二十四孝"中的"王祥卧鲤""郭巨埋儿"等等,有时奶奶还会讲一些她印象深刻的老戏,像《秦香莲》《狸猫换太子》之类。算起来,奶奶应该是最后一代小脚女人了吧,她虽然并不识字,但讲起故事来却总是绘声绘色、声情并茂,尤其讲到动情处,她自己常常忍不住泪流满面。奶奶讲故事的时间一般集中在吃饭和午睡的时候,吃饭时讲故事是为了哄我多吃一点东西,午睡时讲故事则是为了尽快让我进入梦乡,以至一到了吃饭和午睡的时间,我就会条件反射一般,必须要听奶奶讲故事。如果哪天奶奶不在身边,我就会吃饭吃不好,睡觉睡不香。

年龄稍长,奶奶老旧而俗套的故事,已经渐渐不能满足我听故事的需要,而给我讲故事的任务,便自然而然地落在了爸爸和妈妈的身上。妈妈为我讲的大都是一些有关花花草草以及一些有关小动物的童话故事,这些故事温馨而细腻,躺在妈妈的身边,听着这些故事,每天晚上，我都能在一种幸福、安逸的状态中不知不觉地睡去。与妈妈讲的温文尔雅的故事相比，爸爸讲的故事总是那么热闹而火爆，不管是刚刚看过的电影，还是正在阅读的小说，爸爸总能即兴发挥，把自己看过的东西一锅乱炖，演绎成一个个带有独创性的惊险故事。只是这些故事常常相互纠缠在一起，即便是同一个故事，上次讲的与下次讲的也并不相同，其间的混乱缠绕，甚至连爸爸自己也难以梳理清楚。不过，爸爸讲故事是否重复和混乱并不重要，对于我来说，只要他讲得兴味盎然，我听得意犹未尽，爸爸的故事就算大功告成。

上学以后，我最喜欢上的是体育课，特别是阴雨天，体育课就会变成故事课。老师常常拿一本小说来读，诸如《高玉宝》和《闪闪的红星》，我最早就是在体育课的课堂上知道了这些书名。另外，我还喜欢听大姐讲故事，大姐讲的故事其实大多取材于一些手抄本小说，像当时广为人知的《梅花党》和《一只绣花鞋》等等。这些故事惊悚而充满了刺激性，大家虽然都对它们讳莫如深，却并不影响它们在私下里流传。其中，有一个故事讲的是一位被公安追捕的凶犯，慌不择路地逃进一处民宅，并藏在水缸里躲开了公安的搜查。民宅的女主人回家后，凶犯突然现身，逼迫着女主人为他烤衣服，而聪明的女主人在为凶犯烤衣服的同时，偷偷剪下衣服的一角压在了碗下，她本人虽然最终遇害，却为公安破案提供了有益的线索。

说实话，听这类故事，越是害怕，又越是想听，而大姐讲的这个故事亦尤其让我感觉着不寒而栗、毛骨悚然。此后很长一段时间，每每看见水缸，我就会联想起那个凶犯，每天一到晚上，我就不敢一个人待在家里了。

书　房

　　最早并没有书房，所谓的"书房"，只是一个三抽桌，外加一个旧纸箱——三抽桌放在父母的房间里，旧纸箱放在我的床下，而我所有的藏书——如果那也可以称作是藏书的话，则分别存放在三抽桌的抽屉里和那只旧纸箱内。其中，三抽桌的抽屉里放满了各种花花绿绿的小人书，按不同的题材一排一排整整齐齐地码好；旧纸箱里则放满了彼时刚刚"解放"的各类文艺书籍，印象比较深的，有《青春之歌》《林海雪原》《苦菜花》《战斗的青春》等等。

　　有一段时间，我一个人住爸爸的办公室，书房也跟着搬进爸爸的办公室内。我先是占用了爸爸办公用的大立柜，把爸爸的办公用品统统挪到立柜的最下层，然后把我的书籍放在立柜的最上层，与爸爸平分立柜的半边天下。大立柜没有玻璃门，从外面看起来自然不如书架那般明快、敞亮，但找起书来毕竟比旧纸箱方便多了，尤其是爸爸下班以后的时间，办公室完全归我使用，这让我第一次有了一点拥有书房的感觉。紧接着，我又改造了那张单人床，留够我睡觉的空间，然后把我平时爱看的书籍，一股脑地堆放在单人床的另一边，虽说没有条理，甚或杂乱无章，却颇富杂趣，且随手可取，每晚胡乱翻书的习惯，也正是从那时开始养成。

在爸爸的办公室里住的时间不长,我就搬进了新居,从此正式拥有了属于自己的卧室加书房。打家具时捎带着打了一个小巧的书架,通体油成好看的浅黄色,两侧外板的中间微微鼓起,形成一个折弧,是彼时正在时兴的"捷克式"。将书架搬进新居的第一天,我就像迎接一个盛大而喜庆的节日,如同完成一个庄严而温暖的仪式,忙着将自己的书籍分类、上架。我把自己认为最重要的书籍摆放在书架的上层,因为那里是藏书的门面;我把自己喜欢的书籍摆放在书架的中间,因为那里是最醒目的位置;书架的下层摆放的是我当时订阅的一些文学期刊,诸如《收获》和《十月》,等等。整个书架排列得密密匝匝、满满当当,正是因为有了这个小巧的书架,我的书籍才结束了流浪的状态,从此拥有了一个固定、稳妥的家。

真正拥有一个独立的书房,已经是结婚以后的事情了。这间独立的书房不算大,里面依次放着四个带有玻璃门的书架,四个书架中的书籍,其内容分别按照古、今、中、外的划分摆放,书架的空隙处,则点缀着一些我外出旅行时搜罗到的小玩具。书房很小,只容我优游自适,俯仰其间;书籍不多,足供我闲来乱翻,随意阅读。书桌上的书籍星罗棋布,书架上的书籍鳞次栉比,正所谓庞而不杂,繁而不乱,我觉得这样的书房最可得粗头乱服、全身放下之乐趣——人在书房,既不必正襟危坐,亦无须酬应张罗。古人云:"高堂素壁,无舒卷之劳;明窗净几,有坐卧之安。"只有处身在这间小小的书房里,才庶几接近这样的境界。

书房如同人生，一直处在慢慢成长、逐渐成熟的过程中。知堂老人曾经说过，自己的书房是不能让外人看的，怕被人看出了心事。的确，书房是一个极其私密的空间，它既会为爱书人提供精神上的慰藉——生活中所有的挫折和失意，一旦进入书房，自会变得无足轻重、不足挂齿；还会为爱书人带来情感上的自足——我每每面对自己的藏书，一种"丈夫拥书万卷，何假南面百城"的豪情就会油然而生。

书　签

从小喜欢读书，平时就爱收集一些与书相关的小玩意儿——比如书签。却也并不专门去收，更不会分门别类地搞出专题，只是随着自己的好恶去收集，偶尔看见喜欢的会随手买下，碰巧了朋友也会送给几张，还有好多根本忘记了是怎样得到的，这样日积月累下来，也就逐渐积少成多，乃至"物以好聚，所积益夥"了。

有些书签只是放在那里，闲来无事时拿出来翻翻；有些书签是常用的，从这本书里换到那本书里，一直陪伴着我的阅读，用习惯了，就不想换，它们意味着一种心境，代表了一种心情，总觉得一旦离开了这些熟悉的书签，阅读也跟着变了滋味。我有一套《红楼梦》人物的书签，共八张，是当时学校举办钢笔书法比赛时获得的奖品。这几张书签的背面密密麻麻地写满了当时尚且陌生的字词，以为读书时随时看到，可以顺便加深记忆，以后也果然收到了很好的效果。其中还有一张书签，背面抄写的是佛教经典《金刚经》中的一首偈子，所谓"一切有为法，如梦幻泡影，如露亦如电，应作如是观"。应该是那年失恋后随手抄下的吧，痛苦、迷茫之余，希求在佛法中寻找逃避与慰藉，如今蓦然回首，居然也是二十多年前的旧物了。

一些比较讲究的出版社，在做书的同时，也会做一张精美的书签，当作小礼物送给爱书人。这样的书签其实是书的"延伸产品"，它们与书融为一个不可分割的整体，与书的装帧彼此映衬，相得益彰——毫无疑问，翻开书页，首先看到一张印刷精美、小巧别致的书签，马上会给爱书人带来一种意外的惊喜。我有时翻检旧书，常常会突然翻出一张久违的书签，已经忘记是什么时候将这张书签遗落在书中的了，仔细想想，当初应该有计划读完这本书的呀，但不知何故，却未能终卷，而这张书签也从此静静地夹在书中，直到被我重新发现。我于是知道，出于这样或那样的原因，一定还有许许多多的书签，遗落在那些说不出名字的书中，它们一直隐藏在层层叠叠的书堆里，等待着与我再次相见的那一天。

有些书签颇有来历，当然也格外受我珍视。我有一张凹版印刷的北京火车站书签，是父亲用过的旧物，应该比我的年龄大出许多。有一段时间我经常使用这张书签，说实话，我喜欢这张旧书签上沾染的时光味道，以及它的纸面泛黄中所流露出的岁月痕迹。我还有一张世界名画的书签，得自于一位美丽的湘西妹子，我经常去妹子工作的书店买书，既为买书，也为了能够多看妹子一眼。那时的我非常害羞，不敢直视妹子的眼睛，倒是妹子热情、大方，她总是不厌其烦地为我找书，拿书，有一天还送给我一张可爱的书签。书签的画面是法国画家埃米尔·布雷东的名作《阿图瓦的冬夜》，几间被积雪覆盖的老屋，一条泥泞的小道，老屋中隐约透露出几点昏黄的灯光——温暖与寒冷形成鲜明的对照，正是我最喜爱的昙花佳境。

如果说人生是一个过程，那么这个漫长的过程又可以划分为若干不同的阶段，每一个阶段也总会在不知不觉中悄然终止，当你重新回首时才恍然发现，似乎只是一愣神的工夫，流年偷换，人事全非，时光俨然已不是旧时光了。针对我个人来说，一张书签其实就意味着一段人生经历，它不仅记录了你曾经的阅读时光，它也会把你带回那些难忘的记忆之中，让你重拾旧日的欣欢与快乐。

借　书

阅读原来也是一种饥渴，这在我很小的时候，就已经真切地体验到了。我出生于"文革"初始的那一年，十岁以前，我能够读到的儿童读物，差不多就是几本关于"革命小闯将"的儿歌集，还有寥寥可数的几部宣传阶级斗争的所谓"儿童小说"而已。不过,尽管无书可读,但我还是偏偏喜欢上了阅读,并终于走上了最无用的书生的道路。我想,其中或许总有一些宿命的因素在内吧。

在我的记忆中,浩然的《金光大道》《艳阳天》等书,都曾经被我囫囵吞枣地翻看过多遍,偶然获得的一本残缺不全的《西游记》——尽管对其中的文言文和古典诗词一知半解、不甚了了,但还是让我如获至宝,一读再读。连家中所藏的一册《毛泽东诗词注释》,也成为我经常翻阅的闲书,甚至在爸爸出差的时候,我还照着葫芦画瓢地写过一首"七律",用以表达自己的想念之情。我所拥有的第一批藏书,印象较深的有《矿山风云》《小兵闯大山》和《深夜马蹄声》几种。其中,《矿山风云》描写一位名叫黑子的小矿工,巧妙地与鬼子和汉奸做斗争的故事;《小兵闯大山》讲述的是几位机智勇敢的红小兵,"以高度警惕挫败了地富反坏右分子对社会主义事业的破坏活动",其中不乏紧张的情节,特别是对原始森林的描写,更是让我这个生长在平原的孩子心怀向往;《深夜马蹄声》的内容与《小兵闯大山》相仿,只是故事发生的地点换在了西双版纳,小主人公换成了傣族少年而已。这些,也就是我当时所能够拥有的精神食粮了。

的确,那时的我就像是一个充满饥渴的孩子,总是尽自己最大的努力,搜寻着一切看得懂和看不懂的书籍。记得有一个晚上,我在妈妈的同事李子姐的宿舍里玩,忽然发现了一本纸面发黄、无首无尾,且用了一根生锈的铁丝装订起来的旧书。我随手翻阅了一下,里面大都是繁体字,看不大懂,但书中的插图却非常诱人。我于是向李子姐借阅,她却面有难色,并神秘兮兮地告诉我说:"这是本'黄书',小孩子看不得的。""黄书",什么是"黄书"呢?神秘的"黄书"非但没让我知难而退,反而更激发起我的好奇心来。李子姐被我纠缠不过,终于无奈地答应借书给我。她先是拿出一张旧报纸,把书里三层外三层地小心包好,并再三叮嘱我"千万不要让别人看见",才总算让我把书拿走。

过了很久我才知道,这本无首无尾的旧书,不过是一部20世纪50年代出版的《中国民间故事选》。虽然书中多有繁体字,阅读起来颇有障碍,但我还是被这本厚厚的旧书深深吸引住了。那些美丽的爱情故事,神奇的风物传说,机智人物的奇闻逸事,不仅第一次给我的童年带来了自然生活的启示,同时也在我的心中久久萦回,让我的心思飞到了很远很远的地方。

这本旧书对我的未来究竟产生了怎样的影响,我至今无法估量。但毫无疑问,是它让我知道了这个世界上的确存在着许许多多美好的东西,也是它让我真正感受到阅读带来的美妙的快感。从此之后,我的生活便与书紧密地联系在一起,再也无法分开了。

走失的书

我有好多好多走失的书,被人借去,一去不还,从此再无缘相见。像《红楼梦》《沈从文选集》《复活》《红与黑》《莱蒙托夫诗选》……列出来会是一个长长的书单，也是一个令人伤心的书单，并不是说这些书本身有多么珍贵，而是它们之于我曾经的生活，有着非同寻常的意义。每每想起这些走失的书，我的内心总是隐隐作痛。

书，在别人的眼里，也许只是一个寻常的物件，借走不还，似乎也算不上是什么值得大惊小怪的事情，那些借书者甚至还大言不惭地宣称："书非借而不能读也。"但在我却就不同了，无论过去，还是现在，书，都是我生活中最重要的东西，我怀念我的每一本走失的书，我本人也从不会向任何人张口借书，因为我了解爱书人的心情，也深谙那种与书别离的滋味。据说，现代管理学之父彼得·杜拉克平生最害怕想要借书的人，因为正是他们"破坏了收藏的完整，搞乱了书架的秩序，造成了落单的孤本"。而在我的手上，即有不少这样落单的孤本，它们或者只剩下上卷，或者只剩下下卷，或者是多卷本的套书中，凭空被人抽去其中的一卷，看去如同一个破碎的家庭，总会让人产生一种难以言述的遗憾。

我也曾经重新买回那些走失的书，有些甚至买了两本，一本自藏，一本借人，但终究还是有许多书再也买不回了；我也曾经试图配齐那些残缺的套书，但在互联网时代，配齐一套书，有时就像寻回丢失的孩子那般艰难。正所谓早知今日，何必当初？痛定思痛，我觉得要想不留遗憾，只有一个办法可行，那就是拒绝借书。但拒绝借书又谈何容易？亲戚张口自然不好回绝，朋友的情面也不能不顾，思来想去，似乎只有把书秘藏起来，才庶几能够达到这样的目的。不过，有时得了好书，却又难以抑制"众乐乐"之心，总想着公诸同好——当初收进《金瓶梅》，即是忍不住地炫耀一番，结果书被人借走，以至其后好长一段时间，我既吃不香，又睡不好，直到《金瓶梅》完璧归来，我才恢复了正常的生活。

曾经有一段时间，我在自己的每个书架上都贴上了一张纸条，上书"私人书籍，概不外借"。说实话，这张小小的纸条，还真的挡住了不少想要借书的君子，然而，依然有一些书友罔顾它们，将它们视若无物。而且，我可以婉言拒绝男性书友借书，却常常无力拒绝女性书友借书——不能不承认，我对于美女从来就没有多少抵抗力。尤其在我热恋期间，我总是怀着类似献宝的心情，带有一些卖弄的表情，不停地向女友介绍，这本书如何如何好，那本书如何如何好，女友也总是照单全收，一统统带走。那时我虽然借给女友好多本书，却不仅丝毫没有心疼的感觉，且不免暗自得意，总以为时过不久，就会连人带书一起归来，谁承想世事难料，阴差阳错，那些书居然连同女友一同走失，从此再无归还之日。

对于借书不还者，中国古人所惯用的方法是，在书上写下一些诸如"借书不还，天打雷劈"之类的诅咒字样，与其说是警示别人，不如说是安慰自己。外国古人也不遑多让，中世纪西班牙某修道院的藏书上即写有如下咒语："窃书者或是借书不还者，让那书在他手里变成毒蛇把他撕裂！他将瘫痪，全身萎缩。让他受尽折磨，苦苦求饶……直至死亡。让书虫啃噬他的内脏，并让地狱之火永久地灼烧他！"借书不还居然需要承担如此严重的后果，读来让人不寒而栗，但究竟会有多少现实收效，却不免还是令人怀疑。

小　偷

　　我曾经做过小偷，就是偷过别人的东西。贯穿我的小学时代，这件事情一直是一个非常沉重的压力，重重地压在我的心上，难以解开，难以释怀。每每想起，我也总是感觉无地自容，浑身不自在。

　　说实话，我其实至今也无法真正确认，自己的行为到底算不算是"偷"。那是一个阳光明媚的下午，我在妈妈工作的大院里到处转悠着玩，看见妈妈的同事郭叔叔正在一处空地上修自行车，于是就凑过去蹲在一边观看。突然，我的目光被郭叔叔身后放着的一样东西紧紧吸引住了，那是一张面值五元的纸币，我不知道它为什么会落在那里，也不知道到底是谁放在那里的。对于那时的我来说，能够拥有一张一元的纸币已经相当奢侈，而一张五元的纸币，显然对我有着更加难以抵御的诱惑力。所以，当时未及多想，我就将纸币迅速地抓在手里，然后悄悄塞进了自己的裤兜里。

　　事实上，这张五元的纸币我分文未花，而是原封不动地交给了妈妈。妈妈自然对我拾了钱，且主动交给她的行为大加赞赏，我也觉得自己终于为家里做了一次贡献，心情自然十分高兴。但是，我的好心情却并没有能够持续多久，因为我越来越对自己"拾"钱的行为充满了疑感。仔细回想一下，那张五元的纸币明明就是郭叔叔的，或许是别人刚刚还给他的钱，他尚未来得及装起来也未可知。那么，毫无疑问，郭叔叔对我"拾"钱的行为自然是心知肚明的，而我的行为又算是什么呢？我虽然已经私自将其定义为"拾"，但我又分明知道，这个"拾"字的确用得有些牵强。

以后很长的一段时间，我都不敢再去妈妈的单位了，即便偶尔在街上遇见郭叔叔，我也会早早地避开他，决不和郭叔叔打照面。我不知道自己应该如何面对郭叔叔，既害怕他会忽然提起这件事，更害怕老师和同学们会知道这件事。我有一种强烈的负疚感，自己无法排解，又不知道该找谁去倾诉。于是，那段时间我突然变得有些郁郁寡欢，经常会一个人发呆，而一个人发呆的时候，又常常会有一种很奇怪的声音，在我耳边不停地聒噪："你是个小偷！你是个小偷！你是个小偷！"每每有了这样的声音，我只能漫无目的地乱跑一通，似乎只有这样，我才能把这种奇怪的声音远远地抛在自己身后。

时间就在不知不觉中过去了，"小偷"事件发生的两年之后，我跟随父母搬离了那座滨湖的小城。搬离小城的我也曾经多次回去探亲，有一年，在妈妈曾经工作过的单位里，已经是成人的我又一次见到了郭叔叔。那时，我已经有足够的勇气去面对自己曾经做过的种种了，面对郭叔叔，我终于说出了那句迟来的道歉。但是，还未等我说完，郭叔叔就摇手打断了我："不要说了，那都是过去的事了。你那时还是小孩子嘛！"

不出所料，郭叔叔果然是知道那件事的，但他却从来未在任何人面前提起过。我在面红耳热的同时，内心深处涌起了一股无言的感动。

体　罚

随便问一下身边20世纪60年代前后出生的那拨人，从小一次没有挨过父母打的，几乎找不到一个。那个年代，每家都会有几个孩子——孩子多，自然不像现在几个大人守着一个孩子那么金贵。那时候每个家庭的生活也都普遍困难，父母们心情郁闷，情绪焦躁，生活的不如意，常常会拿孩子出气，打孩子就成为家常便饭。虽然打孩子与当时"文攻武卫"的政治氛围堪称奇配，虽然这种实质上的体罚不免被冠以"教育孩子"的借口，但暴打究竟产生了怎样的教育效果，却又实在令人怀疑。

按说我是家中唯一的男孩子，一般人所说的"宝贝疙瘩"，应该深受父母宠爱，很少挨打的。但事实并非如此，我小时候不仅经常挨打，而且时逢"文革"，父亲体罚的花样也是非常繁多。我不知道父亲是不是在批判走资派的大会上吸取的灵感，冬天罚站，他会用粉笔在地下画一个圈子，不许我越出"雷池"一步；夏天罚站，居然常常命我脱光了身子，有时甚至连鞋也不准穿。这样的场面若刚好被来家串门的邻居赶上，更是令我羞愧难当、无地自容。如果我感觉自己的确是犯了错误，对父母的体罚倒也无话可说，但是，不能不承认，有很多时候，父母的体罚纯粹是一种情绪的发泄，根本没有什么道理可言。

试举两例。有一次,母亲让我出门买豆腐,豆腐卖完了,我于是自作主张地买成了豆腐干,还搭上自己的零花钱。不想这下竟然闯了祸,甚至连申诉的机会也不给,回到家就挨了父亲一顿打。还有一次是大年三十,因为给父亲要钱买炮仗,结果炮仗没买上,却又被父亲无端地暴打了一顿。就是那个大年三十的下午,我一个人默默地坐在家属院冰冷的墙头上,听着小城里"噼里啪啦"的鞭炮声,心中有的只是一种说不出的委屈和难过。而尽管是时间已经过去了三十多年,年迈的父亲一旦回想起这件事来,依然还会泪流满面,自责不已。

但与隔壁的小喜比起来,我受过的这点体罚显然就属于小巫见大巫了。当然了,小喜的"淘"也是远近闻名的,可以说只有你想不到的,没有这小子做不到的。小喜的父亲是一位钳工,打孩子和他干活的风格差不多,下手狠,不分轻重。那时的小喜正处在叛逆期的年龄,对抗的态度死硬,父亲打他,他不但不讨饶,还经常背诵毛主席语录,有一次竟然高呼起"不是人民怕美帝,而是美帝怕人民"的口号,堪称是家属院的一道奇景。但意外还是无法避免地发生了,当又一次被打的小喜挑衅般地唱起了《国际歌》时,他终于被愤怒的父亲失手打断了胳膊。还是匆匆赶来的邻居将小喜抢下并送进医院,才阻止了家暴的进一步升级。

最近,我一直在读中国台湾作家马国光的《飘零一家》,其中颇有一些段落写到了他小时候所受过的体罚。马国光以一种亲历者的语气写道:"恐怖不是从挨打才开始的,挨打之前,风雨欲来,我全身的细胞个个紧绷,我的房间是在一处无路可逃的小屋,只有任其拖出痛打。"

而回顾那段痛心的经历,他最终做出如是总结:"人间许多悲剧,不是没有爱,而是爱得太专横,太霸道,爱得跟冤冤相报没有两样,人生苦短,何必如此苦苦折磨?"我每每读及此处,总不免产生一丝惺惺相惜的感觉。

去北京

我六岁那年,南京的堂叔来我家走亲戚,然后经由我家,去北京的堂伯家。

童年时期,我虽然只是在一些图片中看到过北京,但在我的心里,北京却无疑是一个令人无比向往的地方——我知道北京是毛主席居住的地方,我知道北京有一个天安门广场,而从我"咿呀"学语的那天算起,我学会唱的第一首歌,就是《我爱北京天安门》……如果说堂叔的到来,对于父母意味着兄弟之间的聚会,对于我,则意味着一次难得的机会——从堂叔来到我家的那天开始,我就已经暗自盘算着决不放过这次机会,无论如何,我都要跟着堂叔一起去北京。

但我去北京的想法,显然并没有我想象的那么容易实现。首先过不了父母这一关,他们一来怕我给堂叔添麻烦,二来怕我年龄小,不知道如何照顾自己。所以,不管我怎样央求,父母都丝毫不为所动。堂叔的态度则显得有些模棱两可，面对我的央求，他既不说同意，也不说不同意，常常只是笑眯眯地看着我，然后顾左右而言他。既然父母的态度很难改变，我只好另想办法，就像电影上常说的那样，强攻无效，只能智取。于是，在我的心中，一个大胆的计划逐渐形成，主意已决，我反而镇定下来，再不去纠缠父母和堂叔了。父母和堂叔以为我已经放弃了去北京的想法，对我的突然转变，似乎也并未当作一回事儿。

堂叔离开那天，吃过早饭，我像没事人一样，跟随父母一起到汽车站去为堂叔送行。离发车的时间渐近，当堂叔还站在车下与父母话别时，我却突然跳到车上，在堂叔的行李边牢牢地坐了下来。父母和堂叔显然马上识破了我的图谋，于是，他们开始轮番上车做我的工作，或板起面孔训斥，或施以重饵利诱，但无论他们采用哪种办法，我只是拿定主意赖在那里，坚决不下车。随着发车的时间越来越近，父母再无办法，终于选择了妥协。他们和堂叔简单地商量了一下，然后一再叮嘱我千万要听堂叔的话，也就听任我跟着堂叔去了。

于是，我平生的第一次远行——去北京，就这样拉开了它的帷幕。在那个年代，乘车还是一件相当麻烦的事情。虽然家乡距离北京并不太远，但汽车换火车，火车转火车，中途却总是不免要来来回回地折腾几次。那是我第一次坐火车，之前虽然也见到过一次火车，却只是站在很远的地方匆匆一瞥，根本留不下深刻的印象。而这次可是实实在在地坐在了火车上，虽然时间多在夜间，但我依然难掩兴奋的心情，时时趴在车窗边，聆听着车轮飞驰在铁轨上的声音，贪看外面黑黢黢的风景。在天津换车时，还发生了这样一个小小的插曲，堂叔去厕所方便，让我看守行李，但我却偷偷溜出去看热闹了，着实让到处寻找我的堂叔大大吃惊了一把。

我和堂叔在北京的堂伯家一共住了一个月的时间，其间过了一个春节，这也是迄今为止，我在北京度过的唯一一个春节。那些日子过得既新鲜又快乐。而按照堂叔的计划，本来是住不了那么久的，只是因为我在与小朋友的嬉戏中，意外摔破了头，为了让我尽快康复，堂叔只得改变原来的计划，推迟了离开北京的时间。等到回到家中，父母看见我的头上缠着纱布，吃惊地问我怎么回事时，还未等堂叔回答，我就用一口纯正的京腔告诉他们："我自己故意摔的，为的是在北京多住几天！"

去南京

小时候跟随爸爸出差，去的次数最多的是南京。而每次去南京，也照例会住在一个名为"红岩"的小旅馆里。红岩旅馆位于鼓楼后面的一条窄窄的小弄堂内，印象中就像电影《七十二家房客》中演到的那个大杂院，虽然乱哄哄的，却有着里弄人家特有的热闹和情趣。

因为有公事要办，爸爸每天都要出门，而每次出门，都会把我关在旅馆的房间内，并反复叮嘱服务员，让她留意着我的动静，不要放我一个人跑出去。但爸爸不知道，我其实是不会一个人跑出去的，一来胆子小，看到大街上川流不息的车辆就害怕；二来一盒好玩的积木就是我最好的伙伴，我会一个上午或一个下午乐而不疲地沉溺其中，从不厌倦。

闲暇的时候，爸爸也会带我一起出门，我们除了去公园之外，最常去的地方是书店。爸爸给我买了几本小人书，拿到旅馆后一一讲给我听，其中有一本《一块银元》，故事很苦，讲到悲伤的情节，爸爸哭，我也哭，尤其是讲到小主人公的姐姐为地主婆殉葬的场面，我和爸爸已然泣不成声。记得有一次，我跟爸爸去鼓楼旁边的电影院看电影，放映的是朝鲜电影《卖花姑娘》，人很多，我们只买到一张票（说是只买到一张票，其实是不舍得买两张，想再买时，电影票已经卖完了），却不允许带小孩子入场。我让爸爸自己去看，爸爸并不答应，于是我和爸爸都没有看，索性把电影票处理掉，又去买了小人书。

我偶尔也会跟着爸爸逛商店，但我们只是逛，却什么东西也不买。我常常独自趴在玩具柜前，羡慕而无望地看着里面花花绿绿的各种玩具，想象着自己一旦拥有了它们，心情又会是何等的兴奋。爸爸自然明白我的心情，但他那时的确没有多余的钱拿来为我买玩具，却又不忍心看着我在那里难受，于是，就给我买了一只小鸟形、塑料壳的红色口哨，就这样一个小小的口哨，着实让我高兴了许多日子。

我对南京的最难忘的记忆，就是跟着爸爸和在南京工作的堂叔一起，去看南京长江大桥了。我过去只是在画片上和课本上看到过长江大桥，虽然我知道，它是"新中国第一座依靠自己的力量设计施工建造而成的铁路、公路两用桥，它的建成开创了我国'自力更生'建设大型桥梁的新纪元"，但真正亲临现场，依然感觉到气象大为不同。在桥上，我一直兴高采烈地跑在最前面，让爸爸和堂叔追赶，但无论我们跑得有多快，似乎总是无法抵达大桥的尽头。尤其让我感到惊奇的是，在桥头堡里乘坐电梯，居然可以直接到达桥下，可以与长江近距离地接触，能够更清晰地看到犹如火车车厢一般连在一起缓缓行驶的长长货船，能够看到在长江里不停游动着的江猪……

20世纪90年代中期，我去南京出差，又一次经过鼓楼后面的那条窄窄的小弄堂。我惊讶地发现，红岩旅馆居然安然无恙地还在那里，只是比过去明显老旧了许多。我久久地伫立在红岩旅馆前，凝视着它灰旧的门楼，似乎又隐隐看到了童年的自己。

乘车记

我的老家在甲城，父母上班的单位却在乙城。虽然两座小城相距不到一百公里，但因为爷爷和奶奶带着两个姐姐住在老家，跟随父母返回老家探望爷爷和奶奶，与两个姐姐相聚，再疯吃疯玩几天，就成为我童年时代最感快乐的事情。

那时候的班车真是少得可怜啊！从甲城到乙城的距离虽然不远，但直达的班车每天居然只有一个班次。而且，早晨八点准时开车，即便车里的乘客并不太多，只要开车了，哪怕你已经近在眼前，司机也决不会通融一下,轻易地停下车来让你上去。你通常只能眼睁睁地看着班车与你擦身而过——这一耽搁,就是整整一天。大多数时间,车里的乘客都是爆满的,想找座位,必须提前很久去车站排队买票,排队进站。有时候终于排到售票口了,却也未必一定能够买到车票;有时候总算买到车票了,当天的班车却又无缘无故地被取消了。

回一次老家就是这般艰难。有些时候,父母也会主动联系一些与司机相关的熟人,看能否凑巧搭乘上谁的顺风车。这其实并不只是为了图个方便,更重要的,还能省下一两块钱车费——你可别小看这一两块钱,在那个年代,它们已经足够我们一家人改善几次伙食了。但搭乘便车的机会毕竟是很少的,记得有一次,父母好不容易联系到一位朋友介绍的大货车,并与司机约好了见面的时间和地点。我和父母很早就等在那里,但左等右等,大货车却总是不见踪影。情急之下,父母说了几句表示怀疑的"气话"。让父母始料未及的是,我竟将这几句"气话"原封不动地学给了姗姗来迟的司机。我自然是童言无忌,却禁不住司机听者有心,一时间大货车里的气氛好不尴尬。而父母花费了很大心力才建立起来的一个关系,也竟然就这样被我毁于一旦。

记忆中还有过几次乘坐拖拉机回老家的经历。其中的一次尤为惊险,那次我们搭乘的是一辆小型拖拉机,车斗里装满了成筐的苹果。我,父母,还有另外几个搭乘顺风车的乘客,就拥挤着坐在这些高出车斗许多的苹果筐上。大家坐在颠簸不已的拖拉机上昏昏欲睡,突然间听到司机惊慌失措地尖叫:"坏了!刹车失灵了!"大家惊出了一身冷汗,一下子都清醒过来。好在拖拉机的车速极慢,车上的乘客尚有宽裕的时间跳下车斗。拖拉机最终撞在树上，虽然撞坏了不少苹果，却总算是有惊无险。

其实，相对于乘坐各种机动车辆，我最喜欢的还是乘坐父亲的自行车。常常是在天气不冷不热的季节，父亲骑着他的那辆"大金鹿"，前面带着我，后面带着母亲，我们一大早就开始上路了。一路蓝天白云在上，绿油油的庄稼地在下；有令人兴奋的风景可看，还有可口的瓜果可吃。我坐在"大金鹿"的前杠上，经常会不自觉地手舞足蹈起来——对于父亲，那或许是一次异常辛苦的跋涉；对于我，却绝对是一次充满欢乐的野游。

问题少年

一直到小学结束，我应该都算是一个品学兼优的好学生。我的变化发生在初中以后，大概是初一的下半学期吧，好像就在很短的时间里，我突然来了个一百八十度的大转弯，由一个人人夸奖的好孩子，变成了一个让老师和家长备感头疼的问题少年。

我发生转变的直接诱因，源于班主任张老师对我的一次"冤枉"。有一次，我们教室窗户上的玻璃被人砸破了几块，同学们之间倒是心知肚明的，应该是班内那个臭名昭著的"坏孩子"，纠合他社会上的几个小朋友之所为。但那天适逢我值日，张老师不知听到了什么风声，竟然不分青红皂白地就把这件事情怪罪到我头上。我虽然很不服气，却又百口莫辩，还要面对一些同学的幸灾乐祸和热嘲冷讽。这件事情最后的结果好像是不了了之了，但对我产生的影响却非常大。我突然觉得，当一个"坏孩子"其实也没有什么大不了的，不仅落得自由放纵，甚至还能经常出出风头，在那些学习不好的同学中间树立起一定的威望。我又何乐而不为呢？

俗话说："学如逆水行舟，不进则退；心似平原跑马，易放难收。"这句话果然是极有道理的。砸玻璃事件让我开始了自己的"坏孩子"生涯，逃学、旷课、出风头、喊家长，原本都是我所不屑的事情，却渐渐成为我自己的家常便饭，而毫无意外的是，我的学习成绩也从此直线滑落下来。班主任规定，凡在上课铃声打响五分钟后进入教室的同学，可当作旷课处理，直接赶出教室。于是，我经常和那些同样不喜欢学习的同学纠合在一起，故意迟到五分钟，然后被任课老师赶出教室，大家正中下怀，也就沉瀣一气，且又心安理得地找地方去玩了——说实话，即便人在课堂，我也实在学不了多少东西，因为心不在了嘛，倒不如这样来得痛快。

然而，让我一头雾水的是，我变成了问题少年，而"冤枉"了我的张老师，却非但没有就此将我打入"另册"，反而明显比过去对我更好，对我显得更加"关照"了。后来，我才慢慢发现，通过多次"喊家长"，张老师和我父亲之间的接触也变得越来越多。有一次，我甚至还在家中见到了来访的张老师。不过，张老师的来访并不是谈我的学习问题，而是找我在劳动局工作的父亲，谈她儿子调动的问题。张老师的儿子后来有没有调动成功，我不知道，我所知道的是，到我离开她的班级为止，张老师一直对我"关照"有加，不仅在学习上经常给我"开小灶"，甚至对我的种种"劣迹"，她也时时在别的老师面前百般辩护，为我开脱。

  但是，这终究没有改变我成为问题少年的事实。整个初中时代，我的学习成绩都是一塌糊涂，我本人也常常被列为班级内的"危险分子"，成为经常"喊家长"，并光顾学校办公室的对象。当时，我从没有为自己的所作所为感到过难堪，甚至还觉得自己像一个"男子汉"，对我的初中岁月的反思，已经是很多年以后的事情了。

【老歌】

随风而逝

我已经过了"发烧友"的年龄了，但我仍然喜欢在孤独的时候倾听几首自己少年时代的流行歌曲，我喜欢那些老歌，聆听它们犹如面对自己少年时代的知友，虽久未谋面，却默契如故，聆听它们常使我有一种往日重现的微妙感受——那一段如梦似幻的青春时光。我一直觉得流行音乐的黄金时代是由罗大佑、叶佳修和邓丽君们组成的，正如同我的黄金时代也是由他们组成的一样。今天的流行歌曲却有点像是噪声，它根本就无视人类心灵的微妙感受，歌者与听者之间心灵的交流不见了，只剩下感官的发泄，声嘶力竭之后简直就是一无所有。我常常面对"少年队"和"少女队"狂轰乱炸式的组合感到茫然，这就是他们的需要吗？还是自己真的跟不上时代的发展了？

还是坐下来听听自己的老歌吧。在那样柔声曼语、如泣如诉之中，我仿佛又回到了自己的少年时代，那是一个冬日的黄昏，小雪花纷纷扬扬地落着，我在放学回家的路上听到了一首名叫《乡间小路》的台湾歌曲，在那个听惯了陕北民歌的年代，我不知道世上竟还有如此美妙的歌曲，我如饥似渴地伫立在寒冷的街头倾听着，我感到自己的心灵似乎已在美好的旋律中融化，犹如片片飘落的雪花……过了很久我才知道那些美丽的歌曲的作者,他的名字叫叶佳修。是叶佳修第一次给了我美的教育,也是叶佳修点燃了我青春的梦想,我的青春岁月正是在叶佳修的歌声中拉开了帷幕。

《外婆的澎湖湾》是那个年代最为脍炙人口的流行歌曲之一,它唤醒了我们沉睡心底的美梦,那么轻快的曲子,每次我都唱得热泪盈眶:"那是外婆拄着杖,将我手轻轻挽,踩着薄暮走向余晖暖暖的澎湖湾,一个脚印是笑语一串消磨许多时光,直到夜色吞没我俩在回家的路上。"这真的是一幅人间最美的画面。

有些歌曲的原创平平,却凭借歌者的个人魅力而走红;有些歌曲则不论任何歌手演唱,都能展示出原创者无与伦比的个人才情。叶佳修的歌曲即属于后者。

再来听听这首《流浪者的独白》,这是我少年时代最喜爱的一首歌,它的曲子非常简单,简直就是一篇男低音的独白——它与你的心灵直接对话,循环往复,如泣如诉,道尽青春彷徨、无助的孤独心境。

《爸爸的草鞋》表现了流浪与漂泊的情怀;《年轻人的心声》在喑哑的吉他声中倾诉了渴望被理解的心情;《踏着夕阳归去》则深深埋藏着一段我青春时代的"白日梦",每次我都希望自己的爱人这般出现:"远远见你在夕阳那端,打着一朵细花阳伞,晚风将你的长发飘散,半掩去酡红的面庞。"这一段美丽的歌词,又总是让我联想到那句"鬓云欲度香腮雪"的浓艳词句,想象中的爱人真的是那么美啊!

"唇上我的笑意已飘零,心田里已荒草满地,枕边独自痛饮着回忆,醉倒在茫茫的夜里。"哦,这就是我的青春,"为赋新词强说愁"

的青春了！真的，叶佳修使我的青春具备了形色，而更加丰满可感了。

我一直认为好的流行歌曲应当具有诗的品质，每一次听到它你总能感受到心灵的颤抖，但你却并不能一一指出它何以动人，一旦你能够具体、固定地说出它的奥秘，它的魅力就会消失。好的流行歌曲应当像李商隐的《无题》，美得朦胧，或者如英国诗人济慈的《夜莺歌》：

> 这是幻影，还是梦境？
> 歌声已经杳逝
> 我在昏睡还是清醒？

"想要潇洒地挥一挥衣袖，却拂不去长夜怔忪的影子……"叶佳修的歌声同我的青春一样随风而逝了，他的歌声贯穿了我整个的青春生活。回首往昔，我总能在叶佳修的歌声中找到自己青春的痕迹，我也总能在自己青春的记忆中聆听到叶佳修的歌声，他的歌声犹如雪泥鸿爪，来去无痕，我甚至难以分清这是对自己青春的感受，还是对叶佳修歌曲的感受，或者最终还是二者兼有吧。

永远的邓丽君

1995年5月8日，台湾歌星邓丽君在泰国溘然长逝。对于我们这一代人来说，邓丽君就像是一个永远无法飘散的美梦——我们是在她的歌声笼罩下度过自己的青春时代的。邓丽君是我们的第一个女人，让我们为之心动为之痴迷的梦中情人，在我们眼中，她集合了世上所有女人的优点：美丽、多情、浪漫、温柔、善良、忠贞。邓丽君是我们情窦初开时爱情的象征，她是古典爱情的典范。

20世纪80年代初，当邓丽君的歌声刚刚隐约在耳时，她是以"精神污染"的神秘面目出现的，那时公布的靡靡之音，邓丽君的歌曲总是名列前茅，欣赏她的歌曲成为"资产阶级颓废生活方式"的表现，但那些不知已被复制了多少遍的录音磁带还是不胫而走，迅速传遍了大江南北，人们如醉如痴地沉迷在邓丽君甜美的歌声里。在经过了十年"文革"的禁欲之后，人们第一次在仔细地聆听着一个女人，男人的心灵仿佛在瞬间就被这温柔深深融化、深深包围、深深感动了，对于他们，这的确是一种久违了的感受。而女人也同样在邓丽君的歌声里找回了自己做女人的权利，她们原来也是可以哭泣，可以幽怨，可以去爱，也可以被爱，可以公开赞美爱情、歌颂爱情的啊！有了这甜美的歌声，生活忽然间变得有声有色，丰富多彩了，这竟是多么美妙的"靡靡之音"，多么美好的"精神污染"啊！接受邓丽君，是人们价值观念的一次解放，邓丽君的歌即代表了那样一个时代精神，爱情作为流行的主题也已远远超出了男女之间的恋爱，它是一个时代的理想，它是人性与美的复归。

邓丽君的魅力是无法抗拒的，她的歌是甜蜜的梦呓，是温柔的情诗，是爱情的独白，是心灵的慰藉。我记得有一个夏日，在湘西，我居住的小山脚下的住家中忽然传出了邓丽君悠扬的歌声："山茶花，山茶花，……年十七，年近十八，偷偷在说悄悄话，羞答答，羞答答，梦里总是梦见他。"这歌声似梦似真，如同温柔的絮语在我耳边，使我沉醉。在我的脑海里，仿佛浮现出漫山遍野的茶林，还有山茶花般美丽而多情的湘西姑娘，于是湘西在我的记忆里，同这首《山茶花》缠绵在一起，再也无法分开了。

邓丽君歌曲的背景音乐既有欧美情调，又非常富有民族风韵，一如邓丽君的歌唱那般清纯典雅，一往情深。——这当然更近于流行歌曲内容决定形式的本质。而今天的流行歌曲却在逐渐丧失它的本质，它成为经过了市场调查之后的纯商业行为，它在不断媚俗的过程中丧失了自我，它推出了与流行艺术并不相干的帅哥靓妹，而流行歌曲本身却在那些漂亮的脸蛋背后悄悄淡出了。

时光如水，当我得知邓丽君香消玉殒于异国他乡时，我首先感到的是一种巨大的失落，重新审视自己的人生历程，我发现邓丽君的逝去给我留下一个无法填补的心灵空白，邓丽君带走的并不仅仅是她甜美的歌声，对于我们，那也是一个时代的结束。今天的社会的确已不适于邓丽君那样古典式的浪漫情调了，这是一个即使人也可以被"克隆"被复制的时代，人工食品的速成已使我们的胃口再也无法去细腻地品尝，那么音乐的计算机化又有什么可以奇怪的呢？真的，"快餐文化"使艺术享受变得毫无过程，人们需要立竿见影式的一时快感，却再也不能以温馨的心境去品尝古典爱情的心路历程，而且在一个一切都可以用金钱去衡量的年代，爱情本身不就是一种奢侈吗？从这个意义上说，邓丽君的适时而逝，不正标志着一个时代的结束吗？

但艺术终将是以美为其生命力的，流行歌曲也不例外，经过了岁月的擦拭，多少名噪一时的流行歌曲已复归消沉，只有邓丽君仍在岁月深处浅吟低唱——她以她的美滋养了我们这一代人，她仍将以她的美去滋养更多爱美的人们。

还是躲进自己的小小空间里去吧，让邓丽君的歌声来抚慰自己日益浮躁的心灵。烛光摇曳，她的歌声如一道清泉流进心底，依然充满了柔情蜜意，依然那样美不胜收。

"我将春天付给了你，将冬天留给我自己，我将你的背影留给我自己，却将自己给了你。（《爱的箴言》）"她，就是邓丽君，永远的邓丽君。

感觉李宗盛

对于我来说，流行音乐是我个人生活中一个小小的空间，是自己对于生活方式的一次小小的选择。随着年龄渐长，我们的生活变得越来越纷乱匆忙，我们的精神开始萎缩，我们在不经意中就失去了许多生命中宝贵的东西，但我不希望再失掉流行音乐。你可以在一天的忙碌应酬之后，躲进你个人的空间里倾听几首流行歌曲，你会觉得岁月已经带走了的东西又悄悄回到了你的身边，于是，你以自己的方式完成了一次对于生命庸俗的超拔。正是在这样的超拔中，我认识了李宗盛。

李宗盛让我感到亲切的，是他和我一样有着平平凡凡的个人世界，有着平凡的理想，平凡的生活情趣与平凡的喜怒哀乐。他有着无聊的黄昏，满怀醋意的嫉妒，无话不谈的狐朋狗友；他为了自己的家庭在不停地忙碌，偷闲时还会想想漂亮的姑娘，他还有一个可爱的女儿名叫纯儿。天哪，这与我的生活何其相似，于是，他逐渐融入我自己的生活中来，成为我自己生活的一部分。我们共同感受着同样的生活情趣与喜怒哀乐，"最近比较烦"，那么明天呢？这就是我们共同的日子。

城市的生活往往就是这样相同的模式，人人都是那么匆匆忙忙，风尘仆仆；心不在焉且怅然若失，在黄昏匆匆的人流中，人们好像都有着一种无名的失落，似乎自己遗忘了什么？或者还有什么该做的事情没有做？答案永远也得不到。有时我们会觉得我们的日子简直无聊之至，人生的意义也会一下子变得模糊起来，但更多的时候你还是感受到时光的易逝，你甚至惊恐地听到了它飞快的脚步，你会突然感到压力骤至，时间对你不是太重要了吗？但你仍然什么也抓不到。于是，你在自己的小小世界中找来李宗盛，让他倾听你"自己为自己喝彩"，倾听你"自己为自己悲哀"，正想徐志摩的一首诗所写的那样："难得，夜这般的静，难得，炉火这般的温，更是难得，无言的相对，一双寂寞的灵魂！"李宗盛伴你度过了这个无聊的晚上。

李宗盛的《如风往事》中有这样的歌词："你看那时间如风，不留痕迹将岁月轻轻送；不在乎是否活在掌声中，只求心与你相通。"热爱平凡的生活，在平凡中超越，让生活变得单纯些，再单纯些，你可以感受到李宗盛和我们做着同样的努力。李宗盛表达了我们这一代人的语境，作为一个音乐人，这正是他的成功之处。

我很喜欢李宗盛的《爱的代价》："也许我偶尔还是会想他，偶尔难免会惦记着他，就当他是个老朋友啊，也让我心疼，也让我牵挂。只是我心中不再有火花，让往事都随风去吧⋯⋯"这样的歌曲通过李宗盛本人或者张艾嘉之口唱出，真让我们说不出心中什么味道，是轻松了？还是更加沉重了？真是愁肠百结，难以释怀啊！我们生活中的很多境遇不都是这样一种"剪不断，理还乱"的不是结束的结束吗？

听过了李宗盛，你会感到这世上有一个同自己一样的都市人，在"忙与盲"中"和自己赛跑"，他常常"最近比较烦"而且"寂寞难耐",他"听见有人在叫你宝贝",于是觉得自己的爱情有点"鬼迷心窍",于是,"那一夜我喝了酒"……仔细一想,自己的生活不也是如此吗?上班,下班,回家,睡觉,偶尔想想早已风流云散的年轻女友,却又不好让妻子觉察,有时也还会"艳羡着一个飘着淡淡香味的小女孩",但毕竟"她的世界与你何干呢"?

流行音乐所展示的是人生境界,我在李宗盛那里解读到人生的冲淡与平和。那已不是少年时代的狂放,但也并非老年人的伤感,那是生活带给我们成熟的果实,那是岁月深处磨炼出的深刻——以平凡、宁静的心态面对生活,面对生命。

文人罗大佑

每过一段时间,我总要拿出罗大佑的盒带听上一遍,每一次听他的盒带,总能触动自己心中最隐秘的那根弦,他的歌总能让我如醉如痴,且常听常新。

在所有的歌手中,我最喜爱罗大佑。的确,罗大佑的歌是不可以视作普通的流行歌曲的,而他也从来没有真正爆红过,甚至可以称得上有点曲高和寡。但罗大佑永远是那个罗大佑,他永远拥有一部分他的忠实歌迷,他是"用歌来表达生命体验的极少数文人之一"(《读书》,

1995年，第10期），他的歌是优美的散文，表达了人所共通的内心世界，体现了耐人咀嚼的散文美感，与经过炒作、包装而风行一时的流行歌曲不可同日而语。

或者应该把罗大佑的歌视作真正的流行歌曲，因为流行的本质即是人人可为的内心倾诉，流行歌曲就应当是渗入人心、渗入生活的最为随意的真诚表白，它应当是当代人生活、思想、境遇的反映。罗大佑的歌即表现了流行歌曲的实质，他自创自唱的歌曲可以称得上是生命最为深沉的独白。

作家史铁生曾经说过这么一段话："其实，流行歌曲的起源也应该是这样，——唱平常人的平常心，唱平常人的那些平常的牵念，喜怒哀乐都是真的，刻骨铭心的、魂牵梦萦的，珍藏的也好坦率的也好都是心灵的作为，而不是喉咙的集市。"流行的确就是普及到了平常人的心灵，已经成为一种严肃的创作，从这一点上讲，罗大佑是在用他的歌同我们进行生命的对话、情感的交流，我们可以从中读出罗大佑作为一个文人全部的精神实质。

我最喜爱罗大佑早期创作的那些歌曲，它们所反映的正是这样一些精神实质，比如《鹿港小镇》《光阴的故事》，比如《童年》《是否》。这些歌曲加上大佑本人真诚的歌唱，产生出震撼人心的艺术魅力，听："在梦里我又回到鹿港小镇，庙里膜拜的人们依然虔诚；岁月掩不住爹娘纯朴的笑容，梦中的姑娘依然长发迎空。"这已不是普通的流行歌曲，而应当是真正的抒情诗了。大佑晚近的歌曲，竟使我有了些稍稍的失望，他的部分作品竟也明显沾染上了一些时下的商业色彩，失望之余又多了惆怅,毕竟像大佑这样的文人歌手是太罕见而珍贵了,难道他也会因为声誉日隆而逐渐丧失了文人本色吗?当然,大佑仍时时有不俗的表现,他的《恋曲2000》就非常为我所喜:"等到了千年终于见你到达,等到青春终于见了白发,倘若能抚摸你的双手面颊,此生终也不算虚假。"

我与所谓的高雅音乐无缘,当然也无须勉强参悟,欣赏音乐完全是私人行为,任何虚荣只能让自己受罪,自己认为音乐的实质均应是一致的,高雅与通俗均应以占领人类的心灵为己任,罗大佑的歌无疑是我心目中的高雅音乐。我读大佑,可以唤醒自己心中最美的记忆;我读大佑,可以在生活、感情的沉浮之中体味出深刻的人生况味;我读大佑,可以为自己的家乡、母爱,为自己的恋人找到一个最美好的表现;我读大佑,可以为自己的人生找到一丝真诚的乐感。

这,不正是我心灵中的高雅音乐吗?

告别的年代

20世纪的最后一年,四十六岁的罗大佑在大陆刮起了一股"黑色旋风",在他的歌声风靡了许多年之后,那个蓬发黑衣的独行侠终于撩开了神秘的面纱,被大佑的歌声所滋润过的一代人也终于有机会亲眼看见

"音乐教父"的庐山真面目，并在大佑的歌声中重温了自己尚未走远的青春。

对于20世纪60年代出生的一代人而言，这是一个告别的年代，从某种意义上说，大佑的演唱会则成为他们青春的告别仪式，正如他们的青春即将随风而逝，那个蓬发黑衣的独行侠也将成为一个历史，一个美好的记忆。于是，我在这告别的伤感之中，重听了一遍罗大佑所有的歌曲，从最早的《歌》，一直到《恋曲2000》，在大佑的歌声中，我仿佛又回到了自己的青春时代，年轻，唯美，爱情，这一切又重新回到自己身边。

的确，我们这一代人是在罗大佑的歌声中逐渐成熟起来的，对于我们，没有哪一个歌手能像大佑那样拥有如此深刻、持久的影响力。我们不是"追星族"，但那个蓬发黑衣的独行侠却是我们精神上的偶像，我们跟他一起愤怒，陪他一起伤感；我们拼命留长发，穿喇叭裤，以显示自己的特立独行；我们吊儿郎当地哼唱着"童年"去追小妹妹，也只是为了证明自己的勇敢。那时，我们谈不上真正理解大佑，但我们的确喜欢他优美而华贵的诗句，我们从中体味到了一种无以言说的审美快感，在我们心中，大佑是一位真正的诗人！

罗大佑的歌曲表现出他对于传统文化强烈的皈依心理，流露出一种"剪不断，理还乱"的东方情结，有着一往情深的乡土眷恋之情。大佑敏捷地捕捉到商品社会所造成的人生荒漠感，并发出一声声振聋发聩的呼唤。他呼唤淳朴，呼唤真诚，呼唤爱情，带着一种告别的伤感，带着一种无可奈何的心绪。正是在这一时期，罗大佑创作了《未来主人翁》

《亚细亚孤儿》《鹿港小镇》《光阴的故事》……这是大佑歌曲中最为动人的部分，他正是通过这些心灵的悸动，"企图透过音乐来抚慰中国人宿命的伤痕"。

流行音乐的意义首先在于它是一种交流，歌者与听者之间的一种平等的精神对话，它与美声音乐的区别即在于它独具的民间色彩，所以无可挑剔的音乐技巧与潇洒的舞台形象并不是最重要的东西。流行音乐应当是坦诚的，自然的，像朋友之间促膝话旧，它如果缺少了自己内在的特质，就称不上是成熟而优秀的流行音乐，因为它与真实的生活是相距遥远的。大佑的歌曲即深刻体现了流行音乐的本质，大佑独特的声音是任何人学不来的，那是一种深刻的真实与沧桑，你可以通过这种真实与沧桑去直接触摸他的内心世界。像王洛宾的"青春舞曲"，一经大佑的诠释，竟成为一曲非常博大的生命之歌。在大佑的歌声中，生命，青春，自由，这一切都在我们心中激荡，让我们热情澎湃，无法自已！

大佑不是流行歌星，过去不是，将来也仍然不是，"他是用歌来表达生命体验的极少数极少数文人之一"，他身上散发出的永远是主流音乐所不具备的私人气质。正如大佑评论鲍勃·迪伦时所说的那样："早期鲍勃。迪伦最让我震撼的是他的那种单打独斗的精神……他活得不像一个明星，生活中的他和舞台上的他拉得很开，他躲得很后面。"事实上这也正是大佑本人的写照。

"每一次手牵着手像在守护着你，守护着仅剩的潇洒和犹豫；每一次凝视的眼神的凝聚，羽化成无奈的离愁的点滴"，这是"告别的年代"，今夕何夕？我们已连"仅剩的潇洒和犹豫"也不复有了。"道一声离别，忍不住想要轻轻地抱一抱你，从今后姑娘我将在梦里也想一想你。告别的年代，分开的理由，终不须诉说出口……"听到这里，我已再不能抑制自己的感情，我的眼泪已悄然流下。告别青春，告别唯美，告别爱情，我知道这个年代已经真的到来了！

这的确已不是一个单纯阅读单纯聆听的年代了，即使面对大佑，我也没有了昔日的那种单纯的狂喜，那种充实饱满，良夜似水的感觉已渐为满腹心事、注意力无法集中的焦虑所代替，就像两个成年的朋友在寒暄，得体但并不投入。在现代科技日新月异之下，音响的音质的确是越来越丰富越细腻了，我们却再也找不到当初围在一台旧卡式录音机前，痴迷地分辨歌词的那种感觉，我们在"高保真"中感受到了科技的力量，却并没有感受到音乐最淳朴的精神。

但大佑的歌曲仍是我心灵深处最为珍贵的收藏，每次遇见喜欢流行音乐的朋友，我首先要问他是否喜欢大佑，因为大佑，我们马上就会变得臭味相投，我们马上就找到了一个感情的切入点，我们都感到自己在漫漫人生路上又多了一个知音。

在这个告别的年代，仍然有很多美好的东西留了下来。

煮酒论崔健

那是一个风雪连天的日子，我和两个朋友聚在一起，一边飞斛引爵，一边打开了影碟机，看起了崔健演唱会。自然，话题不离崔健，聊到兴奋处，满饮一大杯！

的确，崔健给我们这一代人的影响是深刻的，回首最近十多年的流行歌坛，真正给我们带来精神震撼的，唯有崔健。20世纪80年代中期，崔健如晴空霹雳般撕开了明媚的天空，像一把刀子直入传统生活的心脏，我们在刹那间便被这雷电深深击中了，我们的焦虑和迷惘突然间就找到了一个发泄的突破口——他让我们内心的叛逆精神发挥得淋漓尽致，真痛快！在那个平庸的年代，《解决》和《快让我在雪地上撒点野》成为我们精神上的圣乐，那空谷足音般的声音使我们的精神兴奋到了极致，我们的精神沐浴在崔健的摇滚乐中，崔健成为我们精神上的一面旗帜！

那正是崔健的黄金时代，他以一个先锋诗人的锐利，以一种全新的生命姿态登场了。他把一切传统的价值、权威、道德、伦理、生活、统统当作了自己怀疑、调侃、扫荡的对象，他的作品有着执着的生命追求，让人兴奋的明晰，真诚而向上的张力，朝气蓬勃，锐意进取，高歌猛进。崔健将我们席卷而起，为我们带来了对于传统的价值观念和生活方式的怀疑与反思，他用自己强有力的摇滚告诉我们：当你需要狂欢的时候你就狂欢，当你需要撒野的时候你就撒野，当你需要痛哭的时候你就哭个痛快，当你需要高歌时你不妨放声高歌！对于早已习惯了如何做人的我们，崔健为我们找回了个人感觉，让我们的梦想变成了现实。

对于都市生活而言，流行音乐即意味了一种生活方式的实现，它"让远离正统文化的外缘人士学会了发言"，让"十分渺小的个人权力得以在社会面前公演和实现"（李皖《听者有心》），崔健所象征的即是一代人的精神风貌。同时，崔健也表达了一种深刻的文化语言，他的摇滚乐是对于传统文化中人的行为意识、心理精神的一种反动，他撞击了人们业已麻木了的心灵，他表达了人类内心深处的需求。或许崔健的《笼中鸟》已在不经意中透露了他摇滚的秘密："别说你永远，永远地这样含蓄，别说你心中，你的心中没有什么压抑，疯狂像只小鸟就在你的心里，一天它会突然跳起，从你的身体里飞出去。"一个正常的社会状态并非为了扼杀这只"疯狂的小鸟"而存在，它应当为人类提供更多生活选择的可能，从这个方面讲，崔健既是对传统文化的批判，也是对合理社会状态的呼唤。

崔健的摇滚乐在深刻表达了流行音乐精神实质的同时，又是非常个人化的艺术。个人化的艺术是执着于生命的艺术，而伪艺术最明显的特征即是不具备个人气质，没有热烈的生命气息。崔健有着先锋诗人的语言，他的摇滚乐既是他内心情愫的喷发，也是他对于生命状态的全新诠释。他的表现方法的确说不上完美，却如此震撼人心，因为一个鲜活的生命是不需要圆润与标准的，他需要的是激情与自由，一旦去追求标准，反而会失去即兴的真实。听崔健的摇滚乐如同饮酽酒，真过瘾！听过崔健，再听那些帅哥靓妹的甜媚抒情，就像喝白开水一样毫无滋味了。

回首崔健的摇滚历程，我们可以清楚地看到英雄老去的轨迹。不知从何时开始，崔健的摇滚中再也没有了恶狠狠的"解决"，也没有了如入无人之境的"快让我在雪地上撒点野"，我们在崔健那里听到了这样明显失重的声音："语言已经不够准确，说不清世界，世界，存在着各种不同感觉，就像这手中的音乐。（《九十年代》）""我的生活突然出现了一个新的问题，就是我想跟所有的人保持距离，我不想看见朋友，我不想再说废话，我不想让人知道我有如此坏的脾气。那窗外的一切像是一个另外的世界，如此亲切却带有死亡的感觉。（《缓冲》）"从崔健那里我们知道一个新的时代到来了，商业文化的浪潮以不可阻挡之势冲击着艺术的象牙塔，摇滚乐同样深陷其中，这已不是崔健个人的失语与失重，而是整个社会的失语与失重。

毕竟这已是一个感官的年代而非感情的年代了，用一生去等待已成为一个古老的爱情神话，立竿见影的快感才是今天最为迫切的需要。流行音乐的商业化和庸俗化让我们看到了音乐人急功近利、随波逐流的社会现状，而崔健的失题和失语所表现出的则是一个艺术家面对于时代环境的困惑和迷惘。于是，在崔健的摇滚乐中，倦怠代替了进取，反讽代替了批判，迷茫代替了明晰，自嘲代替了呐喊。在经历了许多年凌厉的冲刺之后，崔健发现他依然是那样孤独，他疲惫了，也更成熟了，在成熟的深刻之中，他多了一分曾经沧海的沧桑和无奈。从中我们仍然可以读到他对于人生的执着和对于自我的坚守，但同时我们也深深感到，自己所读到的已不是那个雷厉风行的崔健了，崔健的摇滚乐已失去了像刀子一样的锋利，而更像是智者的睿语了。

  崔健真的老了，虽然他在面向更加深刻的现实，虽然他还是非常努力，但摇滚乐的精神，那种勇往直前、义无反顾的姿态，实在是与青春年少，蓬勃向上的心态不可分的，饱经沧桑的成熟与深刻与"像一把刀子"一样的摇滚精神并不相干，崔健所象征的是一个过去了的时代精神。在我们这个太容易早熟的社会，崔健的退场给我们的精神世界留下了一个巨大的空白，特别在今天这样一个朝生暮逝的"快餐文化"环境中，人们已经习惯了以廉价的精神去换取同样廉价的快感，音乐制作人也把流行音乐当作了自由市场，纷纷投入了商业化的造星炒作，崔健的摇滚艺术——那种惊心动魄的声音将终成"广陵散"矣！

  的确，崔健已是一个"完成时"，但他已将摇滚乐的精神带进了我们传统的生活，带进了我们传统的生命，当尘埃落尽，也只有崔健仍然凸显在那个时代流行音乐的天空上，崔健也仍将是我们心目中的英雄！

春节的嬗变

《春节》出自于崔健1998年推出的《无能的力量》专辑，是他后期摇滚乐中最重要的作品之一。在这张专辑中，崔健放弃了自己早期成熟的演唱风格，一改自己调侃撒野、疯疯癫癫的个人形象，转而从文化的角度去反思个人的生存，《春节》就成为崔健解构传统生活的一个独特的世俗文本。

应该说《春节》的出现并不是偶然的，传统社会在经过了多年的商业化浪潮冲击之后，春节所包含的世俗风味已在逐渐淡化，传统文化的底蕴业已元气大伤，特别是最近几年春节又受到了洋节的冲击，更是每况愈下，逐渐失掉了自身浪漫与激情的想象力。正所谓"皮之不存，毛将焉附"，春节已越来越成为一个徒有其名的民俗节日，也越来越凝结了传统社会人情虚伪的一面，让人日益感受到疲惫与无所适从。在这样的时代背景之下，崔健敏锐地捕捉到春节这个蕴含着传统世风民情的文化符号，对春节所象征的传统文化的没落与颓废进行了淋漓尽致的解构与批判。

传统社会中的个人从小就饱受实用主义的教育，势利就是一个人最大的价值体现，在这样的社会中，审美的生活无疑是一种奢侈，而"一年一次"的春节就为这种压抑的生活提供了一个"周期并不太长"的宣泄渠道。人们终于可以利用这个"一年一次"的机会好好放松一把了,但他们的放松也无非是把欢笑当作发泄,或者大吃大喝、醉生梦死一番,或者"听听酸歌蜜曲,永远把温情留恋",或者"坐在电视机前,欣赏当代艺术",然后仍然是"搞好人际关系""老老实实地挣钱",去重复自己千篇一律的世俗生活且乐在其中。这种有着"光明前途"与"安全后路"的生活,虽然只是一种"拐弯抹角的点缀"和"不疼不痒的感受",却因为它有"生存的智慧"而显得"福海无边",这也正是传统文化的魅力所在。

当然,面对这样的生活也并非没有任何困惑,因为"春天已经到来,早就不太新鲜;身上有了股春劲,却没有爱的体验",于是"快乐的标准降低,杂念开始出现",但仔细想过之后又"何必如此严肃?莫非还是不太满足?比比多年以前,现在还是挺舒服",虽然"万物都在轮回",毕竟"还是稳定最有意义",对于人生的焦虑在知足常乐之中得到了化解,但唯一化解不掉的是"老人不再年轻,可是年轻人会老的",当传统的价值观念把人生异化成为一种不知生命审美乐趣为何物的生存时,生命的意义究竟何在呢?最后,《春节》在一片"一年到头来,恭喜你发财"的闹哄哄的祝福声中结束。

《春节》一开始就制造出一种"大红大绿、吵吵嚷嚷"的喧嚣与浮躁的气氛,以象征着传统世俗生活的热闹与铺张,而在这种表象的背后却隐藏着崔健对传统中国人的生活方式与价值观念所进行的微妙的解构,其中不乏揶揄与反讽。在表现方法上,《春节》已经没有了崔健早期摇滚乐的煽情与声嘶力竭,他甚至已不屑于音乐感极强的动听的旋律,而代之以"说唱"的形式,且配上一种非常简单的民乐节奏来充当自己的摇滚语言。崔健似乎以此表明了自己的态度,他越来越深入地走进了自己的内心,并在那里寻找着极少数的知音。

崔健谈起自己早年的摇滚乐,颇有悔其少作的意思,在公开场合也很少再唱那些使自己成名的老歌,而是极力推广他的新歌,谁知观众却就是不买账,死缠烂打着也要复习他的《一无所有》,这一方面固然是因为他早期的摇滚乐热情奔放,更容易打动听众而易于被他们接受,另一方面则是因为崔健后期的摇滚乐更加深刻而变得曲高和寡了!

正像崔健在《飞了》中所唱的那样,他的确是"飞得更高了"!

三十以后才明白

对于处在青春花季的少年来说,三十岁实在是一个很模糊的概念,就像我,当年对三十岁仅有的一点想象不过来自于侯德健的《三十以后才明白》,我虽然听不懂他明白如话的歌词中蕴含着的忧患和悲悯,却隐约感到三十岁以后的日子多了一丝生活的忧虑,多了一丝岁月的厚重。但三十岁毕竟是太遥远了,三十岁以后究竟会是一番怎样的景象,那是我根本无法想象的事情,在那个如花的年龄,我仍然还是习惯于自己无忧无虑的日子，习惯于挥霍自己的青春……

20世纪80年代是一个适于做梦的年代，侯德健即是以一个寻梦者的形像步入了我们的视野。作为一个歌手，侯德健的经历是复杂的，其复杂程度甚至会让人感到心中隐隐作痛，从台湾到大陆，从大陆到新西兰，从新西兰再回到台湾，那是一个理想主义者一次又一次追寻完美的过程；从燃起希望到彻底失望，从满怀信心到最终的失落消沉，侯德健的经历完整地呈现了一个理想主义者所走过的足迹。侯德健曾经在一首名为《我爱》的歌中这样唱道："我爱，这瘦弱的身体，他背负着，那背不动的伤心；我爱，那伤透的心！"侯德健漂洋过海、边走边唱，他瘦弱的身体所背负着的正是那颗因失望而不堪重负的伤心——这首歌或者就是侯德健对自己命运的某种预感吧。"归去来兮，心情将芜……"不知道今天的侯德健是否已经找到了自己理想中的归宿？

侯德健的歌是简单的，那是一种富足的简单，不依靠任何技巧，而直接诉诸听歌人的灵魂，他将民族音乐与欧美风韵巧妙地糅合在一起，自足而自信，一把木吉他加上一把胡琴就可以组成全部的音乐背景；侯德健的歌是只可意会却无法言传的，他只是平心静气地讲述着一些普通的人生常识与哲理，那是对生命洗尽铅华之后的顿悟，是以青春换得的人生经验，也只有经过时间的洗礼才能够体会到其中蕴含的深刻与悲凉。在侯德健的歌声中，三十岁真的就那么倏忽而至了，这时我们才恍然大悟，只有三十岁以后我们才会对自己的过去产生今是而昨非的感受，也终于明白了自己当年走南闯北的豪情只不过是一种异想天开，从而渴望一个真正属于自己的小小天地，"把春夏和秋冬全关在门外"；

只有三十岁以后我们才会明白，人生要趁青春好年华，"想爱的尽管去爱"，因为别人的看法对你没有任何意义，因为"谁也赢不了和时间的比赛"；只有三十岁以后我们才会明白，人生要善于等待，因为"一切都不会太坏"，因为"该来的早晚会来"；三十岁以后，回头再看那些年轻而美丽的姑娘，有的只是远距离的欣赏所带来的快感，却再也没有往昔的激情与心动；三十岁以后，我们才逐渐领悟了那些爱恨情仇最终都会烟消云散，"大江东去浪淘尽，一代一代又一代"——"三十以后才明白"，这与其说是一句歌词，不如说是一个象征，因为人生只有迈过三十岁这道坎，才能够摆脱青涩走向成熟，才能够以一个成年人的姿态笑看红尘，承担起生命中的悲欢离合。

  青春的风花雪月已经随风飘散，只有那些老歌依然在耳畔回响。也许我们这一代听歌人是幸运的，因为当我们刚刚开始流浪在流行音乐的世界中时，我们迎面遇到了罗大佑，遇到了崔健，遇到了李宗盛，遇到了侯德健……正是这些优秀的音乐人提高了我们欣赏音乐的起点，使得我们直逼流行音乐的实质。虽然今天的流行歌坛已很难再见侯德健的身影，虽然因为时代政治的原因，大陆和台湾都在有意淡化侯德健的名字，但纵然政治冷酷，听歌人却不能无情，我们仍然有必要记住侯德健这个名字，因为我们曾经喜欢过他的歌。

想起李寿全

有些音乐人是不应该被我们轻易忘记的，比如台湾的李寿全。

李寿全的名字对大陆的听歌人来说显得非常陌生，因为他一直是一位幕后音乐制作人，而且他一直生活得很"后面"，低调的生活和对思想深度的追求注定了李寿全的曲高和寡。在李寿全唯一的专辑《八又二分之一》中，除了一首《张三的歌》经蔡琴翻唱而稍具声名之外，其余的几乎都不被听歌人所熟悉。但这并不影响李寿全作品的内在质量，和罗大佑一样，李寿全也是一位预言式的流行音乐人，早在20世纪70年代中期，台湾音乐青年开始发起所谓的"民谣运动"时，李寿全就是其中主要的创始人之一。

对于专辑的主打歌《八又二分之一》，李寿全的题解是这样写的："总是念着什么时候才停止流浪，事实上，人生就是流浪。被过去赶着逃，被未来牵着跑。"《八又二分之一》所阐述的正是一个关于精神流浪的主题，整首歌被切割成八个不同的画面，分别象征了八种不同的人生状态，其中包括"异乡的旅店，沉寂的冬夜，微雨的城市，搬家的前夕"，包括"拥挤的人群，动人的电影，颓丧的日子，忙碌的工作"；分别对应着"失眠的清晨，晚醉乍醒之际，塞车的黄昏，惆怅的情绪",对应着"陌生的少女,暗暗的角落,午夜的街头,失神的片刻"。在这首歌中,李寿全展现了一个很普通的"九月的午后",一个普通得无法再普通的日子,以及一些小人物普通得无法再普通的生活,在这个八又二分之一的世界里,他们有着同样的无聊与茫然、同样的麻木与颓废——当商业社会终于划定了人类生活的规矩方圆,都市人的生活也就无可避免地陷入了格式化的宿命,毋宁说这就是李寿全为我们展现出的都市生活的前景。

"雨水和车声拥挤在窗口,我在都市的边缘停留;少年的往事在回忆中消失,三十岁我的职业是自由。……告诉我,都市不适合流浪告诉我,这是我居住的地方,告诉我,告诉我,告诉我,这未来的未来,我等待……"如果说《八又二分之一》只是一种不加任何解释的展现,那么《未来的未来》则是一个不甘于个人命运的男人对未来生活的疑惑与拷问,那是一次理想消失之后的期待,显得苍白而无助,却最大限度地表现出都市人对生活残存的梦想和追求。但这一切最终还是被《占领西门町》的"新新人类"消解了,这些年轻人穿着"长长的大衣和吊带裤",留着"火红的头发"和"绿色的眉毛",这些年轻人公然提倡"年轻时候要玩乐,没有后悔的时候;读书工作都辛苦,不如跳跳霹雳舞",于是,李寿全无奈地唱道:"在未来的社会里,如果不想被遗弃,当你来到西门町,要和他们一起呼吸。""新新人类"来了,李寿全老了,人生就是流浪,"被过去赶着逃,被未来牵着跑"——李寿全以自己的流行音乐预示了一个崭新时代的到来。

曾经有一位喜爱流行音乐的朋友说过这样一句话:"音乐是交流的

捷径，没有了文字的障碍，我们的耳朵比眼睛更能读懂心灵。"的确，真正的流行音乐与商业炒作并没有必然的关系，它只是人与人之间交流的一种手段，它也同样可以拥有深刻的思想和不俗的艺术个性。李寿全以自己的作品证明了这样一个事实，即真正的歌手只是通过歌唱来展示自己的心灵，以自己的歌声期待着一个会心的微笑、灵魂深处一次偶然的悸动，如是而已。

温一壶月光下酒

每一次听蔡琴的歌，我总会有一种"雾失楼台，月迷津渡"的迷惘，我也总会不自觉地想起"缺月挂疏桐"，想起"无言独上西楼"，想起所有那些与月光有关的意绪。倾听蔡琴，我仿佛正在一片温馨的月光下漫步，一种淡淡的、无法捕捉的忧伤正从四面八方包围着自己，而蔡琴的歌声就在这样的月光中暗香浮动，若隐若现，如同一道从不间断的清泉，在时光的深处细水长流，浅吟低唱。林清玄先生曾经说过："把初恋的温馨用一个精致的琉璃盒子盛装，等到青春过尽垂垂老矣的时候，掀开盒盖，扑面一股热流，足以使我们老怀堪慰。这其中还有许多意想不到的情趣，譬如将月光装在酒壶里，用文火一起温来喝……"蔡琴的歌，就是这样可以装在酒壶中，用来下酒的月光。

听蔡琴，宜在宁静如水的夜里，一个人坐在远离灯光的暗处，将音响的音量放得很低很低，这样去慢慢品味、细细咀摸，你会感到一个旧日的朋友正在自己的耳边轻轻絮语，那不动声色的女中音似乎在不经意中摇动着你的心扉，宛如一阵微风吹开了你心灵深处的记忆。听蔡琴，不宜喝太浓烈的高度酒，只须喝一些略带苦涩的葡萄酒，喝到微醺，方能品出其中滋味。蔡琴的歌并不是唱给所有人听的，她的歌只唱给一些有心人，所以蔡琴从来也不曾大红大紫过，太年轻的心是无法听懂蔡琴的，他们会被这一份沉重的感情吓坏，因为他们没有足够的阅历去领会这样的人生喟叹；太浮躁的心也不能听懂蔡琴，因为他们根本无法投入到这个细腻的感情世界。蔡琴的歌只唱给那些依然保存着美好回忆的心灵。

　　蔡琴是以自己独特的方式诠释生活、感悟人生的，她以一个女人特有的体贴，告诉我们如何面对生活，善待生命，在《尘缘》中她这样唱道："不能像佛陀般静坐于莲花之上，我是凡人，我的生命就是这滚滚凡尘。这人世的一切我都希求，快乐呀！忧伤呀！是我的担子我都想承受，明知道总有一日，所有的悲欢都将离我而去，我还是竭力收集，收集那些美丽的值得为她活了一次的记忆。"蔡琴从不刻意去追求深刻，她只是在平凡的生活中感悟着人生的悲欢，收集着自己琐碎而又美丽的回忆。同时，也正是在这样平凡的人生中，蔡琴展现出了作为一个女人最美的一面，并把这种内在之美装点成一首首动人的情歌，那亲切的絮叨，宽容的胸怀，在不经意间撞击着我们业已麻木的心灵。"我和我自己的影子，一起走在无人的路上，虽然画面有一点凄凉，你不必觉得悲伤。这个世界本来就是这样，你可能还没有学会去欣赏。"（《我和我自己的影子》）是啊，人生的旅途虽然不乏孤独与凄凉，但你为何不以一种欣赏的态度去面对人生，去品味人生的快乐与忧伤呢？蔡琴以她的歌声，道出了一种平凡的人生哲理。

对于流行音乐，我是这样想的，一首好歌要想打动人心，它需要的并不是以音乐之外的东西去进行情感转换，而首先要以音乐自身去征服听众，与听众建立一种和谐默契的关系，所以流行音乐有时并不是靠丰富的音色与纯熟的技巧去打动人心，相反，恰恰是它的简单与质朴征服了我们。但是很遗憾，今天的流行音乐无疑加进了太多音乐之外的东西，如漂亮的脸蛋，歌星的绯闻，如"重金属"，它们相互攀比的只是怪诞、花哨以及音响的质量，它们喧宾夺主般地淹没了流行音乐，使流行音乐只剩下流行，却再也找不到音乐，一阵热闹过后，我们的心灵空空如也，根本没有留下任何值得回味的东西。

在蔡琴的歌声中，我们终于触摸到了流行音乐的灵魂，那是任何爱美的心灵都可以真切感知的。倾听蔡琴，你的心灵有多大容量，你就会得到多少情感的滋润；倾听蔡琴，你会感到所有那些美好的日子又悄悄回到了自己身边；倾听蔡琴，你会感到自己的情感正在慢慢升华，你会感到自己心中少了一些浮躁，多了一丝安详。在蔡琴的世界中没有夏天的狂热，只有秋日的成熟，她伤感，但从不声嘶力竭，在蔡琴那里，所有的热烈最终都会化作生活的智慧，所有的感情最终都会沉淀成心香一瓣，所有的愁肠百结最终都会成为云淡风轻的往事。"纵然你将远去异域，友谊相系暖我心底……没有什么好送你，送你一首自己谱的曲，陪你远渡太平洋，作为一份祝福的礼。"（《送别》）蔡琴的歌声就是这样一份祝福的礼，在生命的旅途中，陪伴着我们，并抚慰着我们逐渐老去的情怀！

好的流行音乐是现实生活中的一缕灵光，让人脱离世俗，在梦的世界中暂时实现自己的理想，它能够让我们从内心浮起一丝会心的微笑，在宁静从容的心态中体味到一种亲切的安慰。

对于流行音乐，我同意肖复兴先生的观点："谁唱到最后，谁最好；而不是谁最走红，谁最好。"

栀子花的清香

有些女人青春靓丽、光彩照人，但随着年龄渐长、红颜老去，却越来越显得庸俗不堪；有些女人虽然年轻时未必十分漂亮，但随着岁月流逝、阅历渐深，却越来越显现出一种成熟、睿智的美感——在我的印象中，刘若英就属于这样的女人。

在台湾演艺圈内，刘若英向来以"才女"著称，凡经她诠释过的影视剧人物，既温柔、聪明，又本色、天然，自有一种让人无法抵御的精神气质。不过，在我，更喜欢的却是她的歌声，她的歌一如她的人，沉稳、舒缓、内敛、柔和，在都市的红尘深处，保持着一分矜持，一分淡定，一分自尊，就像一株盛开的栀子花，虽然从不抢眼，却总能以自己独具的清香让人感受到她的存在。

刘若英的歌适于细细品读、慢慢玩味，在一个氤氲着怀旧气氛的晚上，回想曾经的人事，回想那些一去不再的尘缘，你能够在她的歌声中感受到时光的重现。的确，当绚烂归于平淡，成熟女人的身上总会有一种看穿了世事的睿智，她们的虚荣心渐淡，人情味渐浓，对人、对事均有了新的看法，回首过去，纷纷乱乱的思绪早已沉淀下来，她们开始反省自己，知道当初"不识庐山真面目，只缘身在此山中"——这样的女人最具包容心，她们善于发现男人的优点，乐于宽容男人的缺点；她们知道自己真正需要的是什么，不再枉费心机地去追逐虚幻；她们知道爱情的珍贵，一旦错过，就永不再来；她们对爱情的要求则越来越简单，其目的不过是"想寂寞的时候有个伴，日子再忙也有人一起吃早餐。（《透明》）"

所以，对于刘若英来说，爱情其实是一种付出，从来也不需要有回报，就像她在《很爱很爱你》中所唱到的那样："很爱很爱你，所以愿意不牵绊你飞向幸福的地方去；很爱很爱你，只有让你拥有爱情我才安心。"正是因为"很爱很爱你"，她才能处处为自己的爱人着想，甚至不断责备自己"太不够温柔、优雅、成熟、懂事"；正是因为"很爱很爱你"，她才会欣赏自己心爱的男人与别的女人走在一起时的画面——即使自己会因此在微笑中哭泣，即使"做不成你的情人我仍感激"……

刘若英在自己的观众与听众中间有"奶茶"的昵称，所谓"奶茶"者，原是她英文名字的闽南话谐音，在这里却象征着影迷和歌迷对她事业的肯定与热爱。诚然,刘若英就像是一杯散发着淡淡花香的奶茶,她虽然算不上有多么惊人的漂亮,但无疑是一位真正的女人,她以自己的柔情体贴引导着男人逐渐走近完美的境界,她用自己的真诚宽容为他们搭建起一个温暖的家。

说实话,我原是一个很传统的男人,时至今日,我依然喜欢韵致温婉、秀外慧中的女人,喜欢"红袖添香夜读书""小红低唱我吹箫"之类氤氲着古典韵味的情调。我觉得,在这个女权主义甚嚣尘上的时代,"野蛮女友"也好,"新新女性"也罢,多的是嚣张,少的是温情——只是因为有了刘若英这样的女人,我才能感受到背后有一双眼睛在默默地注视着自己,我的人生旅途才不会感到孤单。

流浪者的歌声

不知怎的,每次听王杰的歌,我的脑海里总有一个都市流浪者的形象:那是一个穿着一身发白的牛仔服的年轻人,穿一双破旧的旅游鞋,倒背着一把吉他,风尘仆仆,茫然无措地穿行在一个古老都市陌生的街道上。他,就是王杰。

王杰的歌曲表现了都市人想要逃离此境的焦虑,以及一种无所皈依的精神流浪倾向。那是我们都曾经有过的、似曾相识的感受,那里有永远也无法得到的爱情思绪,有永远也不能化解的怀乡情结,因为那并不是单纯的爱情,而更像一场精神恋爱,那也不是单纯的故乡,而更像是一个精神的家园。

20世纪80年代末到90年代初,我们经历的正是一场前所未有的精神危机,仿佛就在一夜之间,古典的爱情消逝了,古老的故乡迷失了,我们在一个早晨醒来,发现自己都已经成为赤裸裸的欲望动物,那既是经济与科技高速发展的结果,也是各种意识形态激烈冲突的必然结果。我们曾经拥有的精神世界坍台了,一时间我们失魂落魄,茫然无措,我们去哪里寻找自己的精神家园呢?这时,王杰唱着沙哑的歌曲从远处走来了,于是,我们读到了《一场游戏一场梦》的无奈,读到了《英雄泪》的落拓,读到了《是否我真的一无所有》的焦虑,读到了《她的背影》的空幻。我们从这个都市浪子的歌声中听到了我们共同的心声。

"看过冷漠的眼神,爱过一生无缘的人,才知世间人情永远不必问;热血在心中沸腾,却把岁月刻下伤痕,回首天已黄昏有谁在乎我?""夜里有风,风里有我,我拥有什么?云跟风说,风跟我说,我能向谁说?……你是我胸口永远的痛……"听过了这样的悲鸣,真说不清心中是什么滋味,我们的人生永远像一只孤雁,在未知的命运中漂泊,孤独,无助,在路上……

或许人类的心灵总有一种倾向流浪的心态吧,那是一种久安思变的心理趋向。未必有那么一个可爱的小情人,你却用自己的心灵编织的"白日梦"幻化出一曲哀艳悱恻的爱情故事;未必有那么一处山清水秀的故乡,你却永远生活在焦渴的乡情之中。是的,我们也许永远都将是一个心灵的流浪者，在高楼大厦造就的无边旷野里流浪，在灯红酒绿的漫漫长夜里流浪，在现代摇滚的狂风骤雨中流浪，在互联网的陌生空间中流浪。

作家史铁生曾经说过这样一段话："其实，流行歌曲的起源也应当是这样——唱平常人的平常心，唱平常人的那些平常的牵念，喜怒哀乐都是真的，刻骨铭心的，魂牵梦萦的，珍藏的也好坦率的也好，都是心灵的作为，而不是喉咙的集市。"我觉得流行歌曲的创作与演唱应当是这样的，演唱应当是一种全新意义的再创作，歌者将以自己的阅历与学养对所唱的歌曲进行一次全新的诠释，他追求的当不是音符的完美，而是个人精神的倾诉，这才是歌者的个人魅力所在，也正是王杰的个人魅力所在。

我与所谓的高雅音乐无缘，当然也无须勉强参悟，欣赏音乐完全是私人行为，任何虚假只能让自己受罪，自己认为音乐的实质均应当是一致的，高雅与通俗均应以占领人类的心灵为己任，从这个意义上说，流行音乐即是我心中的高雅音乐。

很久没有听到王杰的新歌了，私下里不免有些唠叨，他或者是由于境遇的改变，已经失去流浪的心态，或者是努力渐长，再也没有了叛逆的棱角？但无论如何，我仍然在期待着那个都市的流浪歌手。

寂寞的骄傲

赵传是个很自恋的男人，他特别适合一个人躲在不为人知的角落里独自倾听。我喜欢在无人的雨夜聆听赵传的老歌，一个人躲在灯之外的窗下，伏在枕上微闭双目细细聆听，赵传的歌声带着风和雨的气息悄悄流进自己的心灵。"寂寞的骄傲，是我唯一可以用来阻挡悲哀的武器，一杯烈酒也可以温暖我的心灵"，我常常会不自觉地跟随赵传歌唱，我常常唱得声嘶力竭、撕心裂肺，摘掉虚伪的面具，还原真实的自我，赵传带给我的是一种恍如隔世、遗世独立的感觉！

那是很久之前的一个雨夜，我第一次认识了这个丑而温柔的男人，我的心灵马上就被他颇具穿透力的声音占据了。就像颜峻说过的那样，"赵传的歌是唱给苏童笔下早熟的血性少年听的，是给那些穿着牛仔裤在风里乱走的人听的，是给城市里满身伤痕备感孤独的底层青年听的，是给脆弱的男人和曾经愤怒的小人物听的。"赵传的歌声是一种诉说，他揭示了都市生活中人与人之间冷漠关系的本质，揭示了梦想与现实之间永远无法缩短的距离。

这个生活在都市边缘的小人物有着冷漠的外表和狂热的内心，有着无端的愤怒和莫名的空虚，他白天是"孤独的假面"，一到夜晚就会变成"狂热嘶吼的巨人";这个外表坚强、内心敏感的男人既没有朋友也没有爱人,陪伴他的只有音乐和啤酒,他虽然带着"一点卑微,一点懦弱"在钢筋水泥的丛林里挣扎沉浮,但对生活中的风风雨雨却始终保持着内心的坚执与骄傲!听赵传的歌,我仿佛看到一个自尊而自恋的男人正对着无边的旷野尽力倾诉着什么,他就像是一个受到伤害的飞禽躲进巢中小心梳理着自己的羽毛——赵传以自己的朴素与真诚展现着个人生活中不为人知的另一面,展现着一个人的无奈和一个人的精彩,展现着一个人"寂寞的骄傲"。

我个人一直把《我是一只小小鸟》看作是赵传歌唱生涯的最高峰,在这首歌中,赵传终于把人类弱小无助的孤独感受演绎到了极致状态,即使从流行音乐的角度上讲,一切也似乎表达得如此完美、无懈可击。但正是这种恰到好处使得其后的赵传显得格外可疑,作为歌手的赵传也正是从此时逐渐蜕变成为一个商业品牌,他的冷漠与狂热被予以巧妙的包装,成为一种为取悦听众而量身定做的虚假个性,过去的本色天然变成了刻意追求,过去的单纯质朴则变成了无关痛痒的老调重弹,那个曾经在雨夜深深打动过我的赵传也从此在我的视野中渐行渐远,最终难以追寻了!

但我仍然喜欢在孤独的雨夜里聆听几首赵传,年华渐渐老去,赵传对于今天的我来说更多的是在表达一种怀旧情绪,我却无复拥有当年初听赵传时震撼而激动的心情。

再见张行

不久前的一天,突然听到电视里正在播放一首自己曾经非常熟悉的歌曲《一条路》,于是赶紧跑到电视机前,哈,果然是张行。

张行可以称得上是中国流行歌坛开风气之先的人物,早在十几年前,流行歌坛尚是一片不毛之地,张行就以他的《一条路》《告诉我》《阿西门的街》等等流行歌曲一举进入歌坛,继邓丽君之后,我们第一次接受了来自本土的流行音乐的洗礼,我们也第一次听到了"小人物"的倾诉,我们的心灵被他深深地震撼了。

流行音乐评论人李皖曾经说过这样一句话:"让远离正统文化的外缘人士学会了发言,这正是流行音乐必须存在和发展的最重要、最独特的理由之一。"也正是通过张行,我们才真正感受到了这样一种语言,感受到了流行文化对于"小人物"的关怀。

那的确是一个单纯的年代,张行不是所谓的"歌星",我们也不是"追星族",我们只是一群"小人物"在面对一个同样是"小人物"的歌唱,我们只是很多人围在一台录音机前痴迷地倾听着不知已被复制了多少遍的张行。"歌,人们都喜欢唱;散,即将散场。让我们尽情地欢唱,忘了吧,是否散场。"我们用自己淳朴的心灵感受着同样淳朴的流行音乐，没有包装与媚俗，没有伪善与作秀，个人情感和流行音乐水乳交融地结合在一起——在那个年代是多么难得。但是好景不长，张行不久就因为"生活问题"而锒铛入狱，使他最终"由一个流行音乐的启蒙人，变成了一个阴差阳错的落伍者"，他失去了自己最好的契机，同时也给刚刚有了一点起色的流行乐坛留下了无尽的遗憾。

再见张行已是90年代的初期，他以一盘《太阳雨》重返流行歌坛。那正是台港歌手横扫大陆歌坛的时代，很多台港重量级的流行歌手如日中天，他们个性化的歌声给大陆流行歌坛带来了前所未有的新局面。相比之下，张行的《太阳雨》则显得平庸、苍白，并没有找到属于自己的风格，于是，这盘《太阳雨》就像在水面上打了一个水漂，没有激起太多的浪花，就消失得无影无踪了。

流行音乐的价值首先在于它独具的个性，一首没有个性的音乐是难能表达深刻感情的。虽然流行就不可避免地带有媚俗的倾向，但流行毕竟不是流俗，通俗也并不就是媚俗，"流行之外还有价值，大众之外还有更高的山"（李皖）。张行的成功即是他个性的成功，正是因为他早期的流行音乐表达了平常人的生活，唱出了平常人心灵的诉求。张行的失败也恰恰在于他个性的丧失，他在揣摩听众心理的同时已经丧失了自己，终于沦落为一个昙花一现的歌手。但无论如何，张行仍然称得上是中国流行歌坛的第一位男歌星，张行的出现为中国的流行音乐史翻开了崭新的一页，虽然他的歌曲翻唱多于原创，但张行的意义首先在于他树立了中国独立歌手的新形象，创立了独特的个人风格，并将中国的流行音乐带入了一个蓬勃发展的时期。

那么今天复出的张行又将如何呢？看过去他已有点中年发福，而且一改流浪歌手的形象，西装革履显示出他这些年的境遇还不错，他的歌声依然圆润，MTV的场景也拍得相当漂亮。但是我没有找到自己熟悉的那个张行，《一条路》听起来也有点似是而非，对于我来说，这个张行是陌生的，他太成熟了，他的歌声就像是经过打磨了的花岗岩，光滑了，细腻了，却缺少了它应有的粗犷。

对于流行音乐，我同意这样的观点："让音乐和人，乐队和观众'更互动，更自由，更大胆地表现自己'。"所以太标准的东西往往会流于圆滑，有些时候流行音乐的缺点恰恰就是它的优点，因为流行音乐是靠真诚而非纯熟的技巧来打动我们，当一切都处理得恰到好处，既光滑又完美时，它恰恰失去最为宝贵的东西。流行音乐是不应当追求时尚的，它并不是为了哗众取宠于一时，它应当经得起时间的磨洗，当时光早已悄悄流逝，它仍在岁月的深处轻轻回响；当尘埃落尽，它仍以自己独具的个人气质熨贴着不同时代人们的心灵，这才是流行音乐的生命所在。

"走过春天，走过四季；走过春天，走过我自己"，的确，我们已和张行一样走过了自己最美的年华。

古剑·菊花·酒

我喜欢用唐朝乐队的一句歌词来形容自己对于田震的感受:古剑、菊花和酒。古剑代表着侠骨和勇气,一种内在的孤独和坚强;菊花代表着美丽与柔情,象征着拈花微笑,孤芳自赏;而酒则是二者的结合——我觉得田震的某些歌曲所传达出的正是这样的意象。

在"走马灯"似的流行歌坛中,田震是大陆为数不多的歌坛"常青树"之一。从"西北风"的时代开始,田震就以一种非常个人的姿态步入流行歌坛,我们很容易就能够在鱼龙混杂的歌声中分辨出田震的声音并为之深深感动,她那略带沙哑的嗓音成熟而内敛,极富感染力,很形象地传达出现代都市人精神上的躁动与感情上的迷惘,传达出他们心灵深处的漂泊与梦想。我一直认为最能代表田震个性的歌曲是《干杯,朋友》与《执着》,在这两首歌中,田震非常成功地表现出自己的个人风格,圆满地演绎了成年女人的缺失、执着与无悔:"朋友你今天就要远走,干了这杯酒。忘掉那天涯孤旅的愁,一醉到天尽头。也许你从今开始的漂流再没有停下的时候,让我们一起举起这杯酒,干杯啊朋友。""每个夜晚来临的时候,孤独总在我左右,每个黄昏心跳的等候,是我无限的温柔……我想超越这平凡的生活,注定现在暂时漂泊,

老歌

无法停止我内心的狂热，对未来的执着！"听着这样的歌声，我常常想象自己一个人流浪在别人的城市，或者在黄昏时分独自漫步在雨后的田野，天高云淡，风过无痕，我会不自觉地想起一句古诗："劝君更尽一杯酒，西出阳关无故人。"我的心中既充满了骄傲，又有着一丝淡淡的伤感——透过这样的歌声，田震把"古剑、菊花和酒"的精神表现得淋漓尽致！

我非常讨厌"歌星"这个称谓，歌而成星，明显带有了一种"追星"的盲从以及商业社会的拜金气息，流行音乐属于普罗大众，现代生活的多元化创造了流行音乐，它的最大特征就是具有广泛参与性的平民倾向。我想象中的歌手应该是这样一种人，他们风尘仆仆地四处奔走，只是为了寻求心灵的碰撞；他们与听众之间所建立的是一种促膝谈心的朋友关系，彼此所进行的是一种心灵的交流。早期的田震无疑就是这样一位歌手。但是很遗憾，田震并不是一位原创歌手，所以她很难形成自己的风格而一以贯之，流行音乐的发展早已证明了这样一个事实，所有那些缺少文化底蕴的歌手最终都会成为商家手中的玩偶，即使那些非常优秀的歌手也仍然难以逃脱这样的命运。田震曾经这样说过："我曾想做一张全部Reggae风格的专辑，因为我喜欢Reggae这种音乐，更喜欢Bab Marly的歌词，但是我同样喜欢摇滚乐、民歌新编等曲风，乱七八糟一大堆，哪个都难以割舍。一直举棋不定，哪种也做不下去，因为总觉得好像缺点什么，到底缺什么我也说不清。"于是，田震只能随着市场的需要而不断地变换着自己的风格，"像孩提时一样按着别人为她画好的方格'跳房子'"，当市面上流行"西北风"时，她就大唱"西北风"；当听众需要"小女人"时，唱片公司就会努力把她打造成一个"小女人"，像被许多人纷纷喝彩的《靠近我》与《水姻缘》，就成为田震矫情"小女人"的典型代表作。

沈从文先生尝言："音乐对于我的效果，或者正是不让我的心在生活上凝固，却容许在一组声音上，保留我被捉住以前的自由。"当我们的身体遭到世俗世界的束缚时，音乐带给我们精神上的自由——早期的田震所传达出的也正是这样一种自由。

听听朴树

朴树的歌声就像他的名字一样朴素而自然。

很久没有这样的感觉了，朴树带我们来到了一个氤氲着怀旧情绪的温馨酒吧，我们在这里坐下来，慢慢地啜一杯清茶，听朴树唱《白桦林》，淡淡地回味着发生在自己身边的陈年往事，"那些旧时光，那些爱情，那些渐渐老去的朋友……"朴树的歌声犹如一种深沉，细腻的心理抚慰，在他的歌声中，我们的感情变得质朴了，我们的心灵变得温柔了，我们远离了名利的困扰，仿佛回到了那个单纯而真诚的年代。

朴树的流行似乎是一种象征，他反映了人们审美观念的某种潜变，他们吃奶油蛋糕终于吃伤了胃口，现在他们更需要质朴与清新，而朴树的歌声所带给人们的正是这样一种淳朴的感情，一个美好单纯年代的记忆。

这大概就是"新人类"的声音了吧，他们对这个传统的世界是不满足的，他们对"新生活"充满了探索的精神，而且，这种精神还带有一点叛逆的颓废与玩世："那晚我喝了许多酒，听见我的生命烧着了，就这么两路刺刺地烧着了，就像要烧光了……妈妈，我恶心，在他们的世界，生活这么旧，让我总不快乐。我活得不耐烦，可是又不想死，他们这么硬，让我撞他，撞得头破血流吧……上班下班的植物人流，在菜市场里，人行道上，他们冷漠地走着。妈妈，那里面有你，你们面无表情，你们衰老了已是满头白发……"这样的声音让我想起英年早逝的王小波，但朴树的歌声更年轻、更单纯、更直截了当。

传统的生活有时就像一种腐蚀剂，它以自己甜甜的媚笑去侵蚀人类的个性活力，我们往往在经过了一段时间的力争之后，便逐渐习惯了自己暧昧的日子，甚至还会把它当作自己的人生乐趣。于是，我们听到了朴树的《活着》："我们都是很柔软的动物，活在壳里，发誓抵抗，最后不过丢盔卸甲，慢慢地顺从；我们都是很弱小的动物，不足道，如果想要快乐一些，就要忘掉世界的辽阔；我们都是很可怜的动物，来到这个世界，受点委屈，受点刺激，这么苟且地活着……"这声音让我震惊，让我不能不去仔细审视自己的生活，朴树比他的年龄更成熟，我惊愕于这个"麦田里的音乐孩子"。

谈谈《白桦林》吧，虽然最近它已被人们唱滥了，但它仍然是一首"最朴树"的歌曲。它让我们想起了苏联的卫国战争，想起了一个浪漫而英雄辈出的年代。它讲述了一个等待一生的爱情故事,那一往情深的歌唱深深感动了我们业已麻木的心灵。它就像是一个遥远的传说,缠绵悱恻,朦胧动人,我们的时代中再也没有这样浪漫而凄美的爱情了。

对于枯燥的日常生活,好的流行音乐正是一道潺潺流动的小溪,悄悄流淌于生命的血脉之中,因为它,生命变得滋润了。它又是一双温柔女性的手,在她的抚慰下,焦躁的生命渐渐安静下来。这就是流行音乐的关怀。

朴树已在悄然走红了,他开始在电视媒体上频频亮相,这可不是什么好兆头,许多歌手就是这样被媚俗的制作人逐渐包装成为"歌星"的。我们并希望流行歌坛上再多一个"解晓东"或者"蔡国庆",对于朴树,我们更希望看到的仍然是那个"麦田守望者",我们更希望听到的也仍然是他的质朴与真诚,一如他的名字,像是一个风尘仆仆的行吟歌手,用他的音乐去打动我们的心灵。

"我想我真的不能成为一个大家都喜欢的那种歌手,考虑到我个人的审美,能力和价值观,我只能为一部分听众和我自己歌唱……"

这就是朴树的回答。

花样年华的诱惑

电影《花样年华》获得成功后不久，梁朝伟推出了他的首张个人华语专辑《梁朝伟眼中的花样年华》。这是一张与电影既有关系，又没有关系的音乐唱碟，说有关系是因为它呈现了与电影同样的情感主题，让听众以听觉的方式来重新感受那个过去的时代；说没有关系是因为它并非依附于《花样年华》的电影配乐，而是一次全新意义上的音乐创作。

这张专辑收录了《花样年华》《应该看过》《挑逗》《面对面》等四首歌曲，以充满怀旧复古的华尔兹曲调，营造了一个过去时代的情爱氛围。"渴望一个笑容，期待一阵春风，你就刚好经过，突然眼神交错，目光炽热闪烁，狂乱越难掌握……"那是一个看似古典的年代，表面沉静安详、波澜不惊，实际上欲望依然存在，甚至更加骚动，那种因距离所产生的压抑，使得一个淡淡的笑容和一个迷乱的眼神也足以透露出内心的炽热与狂乱。

这就是那个时代的欲望刺激，女人的确将自己的身体包裹得非常严密，但她们婀娜多姿的身影，以及行走时的扭动，反而处处都会让人产生莫名的幻觉，给人带来更加强烈的冲动，越是压抑的年代，反而越经不起欲望的诱惑，越是无法得到，越是"狠狠想你"，那种无谓的克制与内敛才更让人感到了悲凉和不堪。"让我狠狠想你，让我笑你无情，连一场欲望都舍不得回避"，虽然舍不得回避，却不能付诸行动，咫尺天涯、牵肠挂肚的感受既让人唏嘘，又让人留恋，梁朝伟和吴思琪的对唱像是男女之间内心的对话，充满了试探与勾引，欲说还休、欲罢不能、进退失据、游移不定，流行音乐的细腻与体贴在此暧昧之处展露无遗。

男女情事，一旦放得太开，反而索然寡味，所以古代的男人们如是总结："妻不如妾，妾不如偷，偷不如偷不着"。那正是一个"偷不着"的年代，男女之间的情感因引而不发而充满了神秘、意淫的情调，即使偶尔拉拉手也会让他们感到格外甜蜜。今天的男女关系只有结果，没有过程，淡如白开水；而那时恰恰相反，只有过程，没有结果，虽然不免有隔靴搔痒之嫌，却显得摇曳多姿、曲径通幽。听《梁朝伟眼中的花样年华》，犹如隔着一块积满灰尘的玻璃回顾逝去的年代，犹如雾里看花，唯其如此，那种"剪不断，理还乱"的感觉才撩拨得人们心旌摇荡、难以自持。

无他，都怪这花样年华太刺激，都怪这花样年华太美丽！

日光海岸的故事

一曲曲空灵的音乐悄悄地流入了我的心中，它是瑞士"一尘不染"的《日光海岸》。

聆听着那样脱俗而又缥缈的声音，我仿佛在体味着一种很淡很淡，薄如蝉翼般的忧伤。我好像又回到了自己唯美而浪漫的少年时代，在故乡斑驳的月光下漫步，小路上铺满了稀疏的落叶，月光的碎影散乱地洒在我的脸上、身上，四周有茫茫的雾气在升起。树的摇曳的阴影宛如一团黑色的虚空，站在开阔地带远望长空，东方的天际正有一道仿佛是刻意雕凿的分界线，一轮满月普照，清洁，静谧，安详，在那个无人的夜里，"一尘不染"的旋律在我的心中波动，我的心情如落叶一样在半空中散漫，舒展，飘浮。

"一尘不染"讲述了一个发生在"日光海岸"的故事，那里有告别的忧郁，幻想的辽远，有含泪的微笑，微风中的呓语，所有这些看似不经意的东西，都被赋予了一种超然物外的美感。它为我们讲述的似乎是一个很古老的故事，宽容中带有一丝哀婉，在这个世界里，已经很难听到这样不含任何杂质的纯净声音了，它类似于一种守望，沉静中不乏悲壮的气氛，在这个日益庸俗的世界里，守望着精神世界不被践踏。

不自觉地想起一首元曲："可怜宵，小泊在黄陵庙。淡月江声搅，闪星灯苦竹丛芦，似有灵妃笑。琴心不自聊，琴声不自聊，骚魂何处招？向归鸿支下伤秋料。"在那个"似有灵妃笑"的月夜里，我在自己心中幻化出一个如水般轻灵欢笑着的少女，一个缟衣的、秀发的少女，我们共同驾一叶扁舟，滑行在清澈而朦胧的天河之上，听桨搅云声，听月亮缓动，少女在风中轻扬着的白色衣裙，不正是"一尘不染"优美动人的旋律吗？世上所有的艺术都是共通的啊！生活在一个名利实务的社会中，我们的生活需要一定程度的超然，我们的精神需要时常探出头来透透气，那么，把音乐作为我们的起点吧，让"一尘不染"的音符像一粒种子，在我们的心灵中发芽，在我们精心的呵护灌溉下，孕育出美的花朵。

风的呢喃，这是《日光海岸》中的一首曲名。"一尘不染"的音乐正像是微风，轻轻地吹过我们的心池，给我们的心灵带来了淡淡的涟漪；风的呢喃，是我们耳边轻柔的絮语，讲述着一个脱俗的故事，一个纯净的梦，讲述着寂寞而高贵的生活。

风乍起，吹皱一池春水……

那些人，那些歌

刚刚拿到这本《地下乡愁蓝调》的新书，取下护封，就看到在洁白的封面上，赫然印着一盒索尼牌的空白录音带。这着实让我吃惊不小，尚未开始阅读书中文字，这盒索尼牌的空白录音带已然唤醒我无尽的往事记忆。二十几年前，我也曾经拥有过许多同样的空白录音带，通过它们，通过无数次的寻找与转录，我听到过罗大佑、听到过叶佳修、听到过侯德健、听到过邓丽君……不得不承认，对于所谓的"台湾现代民歌"，我的诸多第一次都与这盒空白录音带有关，虽然那时听过的很多歌曲，我至今也没有搞清楚歌曲甚或歌者的名字；虽然经过无数次的翻录，录音带的音质差得简直令人无法卒听，但我仍然常常独自面对着一台老旧的卡式录音机，细细体味着流行音乐淳朴的精神，陶醉在辨认歌词的无上喜悦之中——就是在那种简陋而又充实的背景下，我汲取了流行音乐所带来的营养，同时也完成了我青春期最初的启蒙。

《地下乡愁蓝调》的作者马世芳出生于20世纪70年代，他其实并没有赶上台湾现代民歌运动的兴起，当然更没有赶上欧美摇滚乐勃兴的60年代。作为一位后来者，马世芳之所以能够写出一部有关台湾现代民歌与欧美摇滚乐的小书，首先是因为他有一个相当特殊的家庭背景——他的父亲是知名作家亮轩，母亲则是曾经亲历台湾现代民歌运动并从中起到重要推动作用的广播人陶晓清。当年，许多决定台湾现代民歌运动的重要事件，其实就发生在马世芳家的客厅里；许多今天已经功成名就的著名音乐人，当年也同样是在马世芳家的客厅里开始书写他们个人的音乐传奇的。有了这样一个优越的家庭背景，再加上马世芳对于流行音乐的痴迷与热爱，他才能够穿越时空的阻隔，以自己的文字重新招回了一个原本逝去的热血年代。当然，理由或许还有很多，就像马世芳本人所坦陈的那样："所谓音乐，多半只是借口——这些文章，其实是在试着让余烬犹温的青春期，借着文字的煽动，或许再发一点热、发一点光。这里面有我自己的青春，也有不止一整代人的青春。"青春，激情，叛逆，这些名词原本即与流行音乐——特别是摇滚乐有着千丝万缕的联系。无论出生于哪个年代，人类的青春与激情总是相似的，而流行音乐的精神也是彼此相通的，所以，我们不妨把这本书看作是马世芳个人的青春物语，同时，也不妨把这本书看作他们那一代人的青春物语。

《地下乡愁蓝调》的书名取自鲍勃·迪伦的一首同名歌曲。所谓"地下"，指的是一种与主流和流行——亦即马世芳所说的"大人世界"相对立的状态；所谓"乡愁"，并不单纯是指对一个地方的向往，同时也未尝不是指对一个过往时代的向往；所谓"蓝调"，指的既是流行音乐"没想太多"的纯粹之境，又是流行音乐宣泄情感、表达自我的即兴性与原创性。事实上，真正的流行音乐绝不是单纯的娱乐品与消遣品，它固然是青春期"浓得化不开的情绪"的体现，同时却也像一块块社会的切片，承载着青年世代思维的"时代意识"，传递着一代又一代人的情感与经验。当然，也只有对流行音乐的概念做出如是定位，你才能够真正进入马世芳感性色彩极浓的文字，明白他的听乐感受，理解他其实是借迪伦的歌说自己的话，你才能够真正找到隐藏在流行音乐间的那条纽带，并把自己的寂寞和萧条，与"千千万万人的寂寞和萧条，串织在一块儿"。

每一代人都有自己生命中的背景音乐，与马世芳相比，或许我们经历过的现代民歌运动有些支离破碎，而我们接受过的音乐启蒙也显得不成体系——但是，不管怎样的青春仍然是青春，我们也仍然在马世芳的文字中找回了自己最初的激情与感动。

一首歌，一段青春

在我们的青春生活中曾经有过许许多多的背景音乐，我们的青春就是在这样不断变幻的音乐声中逐渐飘逝的，这些音乐已经成为我们生命之中的一部分，每当我们听到那些熟悉的旋律，我们的思绪总会随着歌声飞到很远的地方，仿佛在这轻灵的旋律中，我们找回了自己过去的日子，并且紧紧地抓住了它——我们的青春，我们的梦！

邓丽君的歌曲是我情窦初开时爱情的象征，那时我正是一个寂寞的少年，虽然我不敢看漂亮的女孩子，甚至从来也不敢说出"爱情"的字眼，但我却在心中悄悄地想象着自己的爱情，刻画着自己的爱情，也刻画着自己爱人的形象，那是自己心灵深处的秘密。"一朵花，他说你美丽就像一朵花，他说总有一天要把你采回家；年十七，年近十八，偷偷在说悄悄话，羞答答，羞答答，梦里总是梦见她。"在邓丽君甜蜜的絮语中，我的青春拉开了帷幕。

每一次听到费翔的歌声，我总会想起四里山茂密的白杨树，想起那个在落叶飞舞中独自漫步的少年，想起那个像白杨树一样挺拔的小女生丛珊。那是一个多雨的夏季，在小雨的意绪中，我们度过了许多神秘而紧张的日子，我们在四里山的白杨树中漫步，眼看着金黄的落叶从树上飘落，眼看着地上的叶子越积越多，眼看着夏天消逝秋天来临。在那个寒冷的冬夜，我和丛珊躲在山顶一处小小的亭子里——丛珊把那里称为"我们的小房子"，俯看着城市的万家灯火，不知从什么地方隐隐传来费翔《我怎么哭了》的歌声。丛珊的眼睛在朦胧的月光下有一种让人难以捉摸的期待，还有她身体的温香、鲜艳的口唇，都让我怦然心动。但是我最终也没有鼓足勇气去亲吻她的唇，那时我真的太年轻了，我能够感到自己的身体在颤抖，但我不知道怎样去面对自己心中的爱情。那个美妙的冬夜从我的生命中倏忽而逝，我终于没能把握住那个美妙的冬夜，也终于没有把握住自己心中的爱情！渐渐地，丛珊在我的生活中走得越来越远了，只是在我的心中留下了一个朦胧的背影，留下了一首怅然的歌声："我从来没有想到过离别的滋味这样凄凉，这一刻忽然间我感到好像一只迷途羔羊,不知道应该回头,还是在这里等候,在不知不觉中泪成行……"以后的日子,对丛珊的回忆总是与这首歌曲纠缠在一起的,就像是一首美丽的MTV,那里面有"落花人独立,微雨燕双飞",有一个白杨树一样挺拔的小女生,还有一所温暖的"小房子"……

我喜欢在自己宿舍的走廊里声嘶力竭地高唱《一无所有》,在空旷的走廊里,我旁若无人地唱着,走廊的回声产生出强烈的共鸣,使我陶醉。这是青春的声音,真实而不假掩饰,我的歌唱常常引起同学们的合声,于是,整幢大楼里充满了这样肆无忌惮的歌声,在这样无助的歌声中,我们彼此拉紧了双手,我们都感受到了一种无形的力量。"告诉你我等了很久,告诉你我最后的要求,我要抓紧你的双手,你这就跟我走,这时你的手在颤抖,这时你的泪在流……"在那个一无所有的时代,我的愿望最终实现了吗?也许,崔健的歌声中所埋藏的只是一段青春的激情吧!

"我数着那电线杆流浪,到处都有我的床,啊,我的职业是流浪汉,早晚都是充满幻想。陈旧的老冰箱,站在那老地方,每个失眠的夜,都投入烟灰缸……在大街和小巷,在公园和车站,在每一个地方,都有我的睡床。我是注定了要独自去流浪,流浪呀流浪。"有许许多多的傍晚我总是拿着自己的破吉他,独自坐在宿舍楼的阳台上,轻轻地弹唱这首《流浪汉》。这首歌曾经深深地打动了自己年轻的心,我想象自己就是这首歌曲中所唱到的那个流浪汉,为了一个未知的理想,为了一个未知的爱情,从黄昏到黎明,从春天到冬季,从一个城市到另一个城市，一直在寻找，一直在路上。那时，我就是自己心中的流浪汉。

"林花谢了春红，太匆匆"，爱情终于悄悄地来了，又同样悄悄地离开了自己。我开始沉醉在那个伤残歌手的歌声中："总是在你的笑容之前，才发现真理的谎言；总是在你的哭泣之后，才发现幸福很遥远；总在流星坠落的天边，埋葬我承诺的誓言；总在日夜守候的窗前，等待你带走的春天。"或者郑智化正是在他身体的伤残中找到了创作的灵感吧，我在他的歌声体味到了伤残与遗弃、无奈与伤感，这个哭泣着的男人让我产生了深深的共鸣。我的心灵受伤了！

那些伤感的、年轻的日子很快就无声无息地过去了，在我的生命中飘过了《一场游戏一场梦》，飘过了《其实你不懂我的心》，飘过了《我的未来不是梦》……后来，我生活中的背景音乐开始越来越少，后来，我渐渐远离了流行音乐。

十几年前听侯德健的《三十以后才明白》，只是觉得好玩，上口，今天重新回味，却多了一丝苦涩的感觉，那时他那么自信地唱道"该来的一切会来"，但当自己三十岁时不禁迷惑：什么才是该来的？什么又是不该来的呢？十几年前初听罗大佑的《光阴的故事》，我们是那样奢侈地挥霍着罗大佑华丽的诗句，今天再听却感到如此沉重，毕竟我们是以青春的代价换得了自己的"光阴的故事"啊！

"也许我偶尔还是会想他，偶尔难免会惦记着他，就当他是个老朋友啊，也让我心疼，也让我牵挂。只是我心中不再有火花，让往事都随风去吧……"是啊，当往事随风飘逝的时候，我们的青春已经深深地埋藏在他们的歌声中了,我们会在这些优美的旋律中频频回首,找回自己的青春,自己的梦——

一首歌,一段青春……